O MENINO DO PORTINARI

CAIO RITER

O MENINO DO PORTINARI

ilustrações de NIK NEVES

© EDITORA DO BRASIL S.A., 2015
TODOS OS DIREITOS RESERVADOS
Texto © CAIO RITER
Ilustrações © NIK NEVES

ESTE LIVRO FOI LANÇADO ANTERIORMENTE PELA EDITORA ESCALA EDUCACIONAL, EM 2006.

Direção-geral: VICENTE TORTAMANO AVANSO
Direção adjunta: MARIA LUCIA KERR CAVALCANTE DE QUEIROZ

Direção editorial: CIBELE MENDES CURTO SANTOS
Gerência editorial: FELIPE RAMOS POLETTI
Supervisão de arte e editoração: ADELAIDE CAROLINA CERUTTI
Supervisão de controle de processos editoriais: MARTA DIAS PORTERO
Supervisão de direitos autorais: MARILISA BERTOLONE MENDES
Supervisão de revisão: DORA HELENA FERES

Coordenação editorial: GILSANDRO VIEIRA SALES
Assistência editorial: PAULO FUZINELLI
Auxílio editorial: ALINE SÁ MARTINS
Coordenação de arte: MARIA APARECIDA ALVES
Produção de arte: OBÁ EDITORIAL
   Edição: MAYARA MENEZES DO MOINHO
   Projeto gráfico: CAROL OHASHI
   Editoração eletrônica: DENISE ONO
Coordenação de revisão: OTACILIO PALARETI
Revisão: EQUIPE EBSA
Coordenação de produção CPE: LEILA P. JUNGSTEDT
Controle de processos editoriais: EQUIPE CPE

Dados Internacionais de Catalogação na Publicação (CIP)
(Câmara Brasileira do Livro, SP, Brasil)

Riter, Caio
   O menino do Portinari / Caio Riter ; ilustrações de Nik Neves.
-- São Paulo : Editora do Brasil, 2015. -- (Série todaprosa)
      ISBN 978-85-10-05994-7
   1. Literatura infantojuvenil I. Neves, Nik.
II. Título. III. Série.

15-05856   CDD-028.5

Índice para catálogo sistemático:
1. Literatura infantojuvenil   028.5
2. Literatura juvenil   028.5

1ª edição / 7ª impressão, 2025
Impresso na Melting Color

Avenida das Nações Unidas, 12901
Torre Oeste, 20º andar
São Paulo, SP – CEP: 04578-910
Fone: + 55 11 3226-0211
www.editoradobrasil.com.br

**PARA SANDRA,
ESTE CARINHO EM PALAVRAS.**

A CENA QUE SE SEGUIU FOI CONFUSA.
POR TODO LADO PASSAVA-SE
ALGUMA COISA E, DEPOIS, CADA UM
PÔDE APENAS CONTAR A PEQUENA
PARTE DOS ACONTECIMENTOS
QUE VIRA PESSOALMENTE.

SIMENON, GEORGES.
O CASO SAINT-FIACRE

SUMÁRIO

SEREIA RAINHA **9**

O BILHETE **16**

O MAPA **25**

O CAVERNOSO **34**

OS JORNAIS **42**

O ENCONTRO **50**

ARIOVALDO **60**

A MULHER DE AMARELO **69**

ALGUMAS REVELAÇÕES **77**

NO ESCONDERIJO DO MAX **84**

UM ABRAÇO E NOVO TELEFONEMA **92**

UMA NOITE DE DESCOBERTAS **103**

O SORRISO DO MARCOLINO **114**

A CASA DE CULTURA **122**

NOVO ENCONTRO **129**

ÚLTIMAS PALAVRAS **139**

SEREIA RAINHA

Teresa jamais pensou que tudo aquilo possível fosse.
    Assim, no dia em que transformaria sua rotineira vida em livro, olhava para o Guaíba, que corria paralelo à rodovia, sem saber se era o ônibus que andava ou o rio que brincava de escapulir. Enveredou no emaranhado de pontes de concreto. Viu que a passagem se erguia para um navio comprido passar. Sentiu vontade de estar nele, viajando por rios e mares, sempre indo, sempre indo. Jamais voltando. Como agora. Retornava para casa, para a mesmice da casa, para a rotina de dias e mais dias de aulas, e provas, e trabalhos, e, com certeza, fórmulas e regras para decorar. Tudo só cansaço.
    As férias acabavam.
    Torres ficava para trás, com seu verde mar, com seus morros, com sua fresca brisa de final de tarde, com as saídas à noite pela orla para um sorvete. Logo teria os sorrisos da cidade, da

mãe e do pai, que a aguardavam depois de um mês na casa de Isabela. Dias que ela nem viu passar. E, agora, só a monotonia da preparação de seus materiais para o novo ano letivo.

Droga.

Pensou nos amigos que ainda aproveitariam o mar. Não tinham pais chatos e organizadinhos. Por isso eram felizes. Bem mais que ela. Tentou ler mais uma página do livro que descansava sobre seu colo. Mas não. Nem as tramas de Georges Simenon poderiam diminuir o tédio de estar voltando ao calor de Porto Alegre.

Nem Georges. Nem seu inspetor Maigret. E eles eram tudo de bom.

Sua vida é que era besta mesmo.

Queria que o ônibus, diferente do que fez, optasse por dar meia volta. Assim, a levaria para Torres, para as praias de Torres, para o sol de Torres. Mas não. Ele enveredou pelo viaduto da esquerda e se dirigiu para a rodoviária. Ela sorriu. Apesar de tudo, estava em Porto Alegre. De um lado, o Guaíba com a ilha ao fundo, navios atracados no cais. Do outro, os prédios altos. Grandes caixas de concreto, enfeitadas por quadrados de vidro. Ela no entre.

Pensou em telefonar para as Gêmeas. *Olha, estou voltando.*

– Já? – uma delas diria.

– É – responderia Teresa.

E a outra Gêmea, a de olhos azuis, que sempre era mais animada:

– Legal. Vamos ao clube?

Pelo menos, ainda havia a piscina do clube. O resto?

O resto seria tédio. Total.

Era o que pensava Teresa, naquele quase meio-dia de terça-feira. E, de fato, seria.

Caso não.

O bip breve. Mensagem recebida no celular: *Já chegou? Tô na rodoviária*. Evitou as usuais abreviaturas e linguagem cifrada. A mãe não entenderia. E, depois, Dona Regina era meio avessa ao que chamava de invencionismos adolescentes.

Novo bip: *Ótimo. A encomenda será entregue no banheiro feminino. Diga a senha e pronto.*

Encomenda? Senha? A mãe enlouquecera? Resolveu conferir o número do celular de onde os recados partiram. Não era o número da mãe. Não. E nem de ninguém que Teresa conhecia. Mas, sabe-se lá por que, num impulso que nem ela nunca soube explicar, talvez pela sensação de estar virando personagem de Simenon, escreveu nova mensagem: *Esqueci a senha*.

O ônibus estacionou. Burburinho. Pessoas se erguendo no buscado de bagagens. Tudo movimento, só Teresa no aguardo. Não teve de esperar muito, logo a resposta: *Sereia rainha*.

E agora?

Ela ali, parada, a ler e reler a mensagem: *Sereia rainha, sereia rainha, sereia rainha...*

E outro bip: *Nos encontramos no lugar combinado, Nat.*

– Ei, garota, chegamos!

Teresa se levantou, apressada. Pegou a mochila. Saiu meio tonta. Na cabeça, a senha e a tarefa. A encomenda. Coisa maluca aquilo tudo. Desejo de fuga se fazendo: pegar o táxi, ir para casa e mergulhar na rotina do próximo ano letivo. Será? E se fosse ao banheiro? *Sereia rainha*. O que seria a tal encomenda?

E se apenas desse uma espiada?

Nada de mais. *Sereia rainha*, balbuciou. Os olhos escuros, aflitos, desejo de perceber qualquer sinal de perigo. Pessoas com malas nas mãos ou puxadas pelos corredores. Crianças, velhos, todos de partida ou de chegada. Nenhum com uma senha a martelar a mente, vontade de pronúncia. Ônibus: um, muitos, vários. O calor da capital, a voz metálica a conceder algumas informações, a multidão. Nada era visto por Teresa. Seus olhos amendoados buscavam apenas aquelas palavras.

As palavras.

E lá estavam elas. Sobre a porta. Em letras vermelhas: Banheiro Feminino.

Parou.

Respirou fundo. Ar quente quase explodindo dentro.

Avançou.

Ao lado da porta, um mendigo de olhos muito tristes lhe estendeu a mão e disse qualquer coisa como *uma ajuda pelo amor de Deus*. Ela o olhou, mergulho naquele olhar insistente. Ousou.

– Sereia rainha.

Porém, leu apenas perplexidade no rosto daquele coitado. Não, não era ele o portador da encomenda. Teria de entrar no banheiro.

E entrou.

Pias, espelhos, um cheiro de desinfetante tentava disfarçar o de urina. Uma jovem saiu de um dos boxes. Lavou as mãos, se foi. Teresa abriu a torneira. Que loucura. Não era o inspetor Maigret, mas apenas uma garota de 15 anos, cabelos negros, bem lisos, olhos escuros, rosto de traços indígenas, que a olhava do espelho. Jogou água no rosto. Queria frescor. Todavia.

Ao abrir os olhos.

Viu.

A mulher, toda sorriso de batom quase escarlate, cabelos pintados de loiro, raízes escuras. Um vestido amarelo, bem justo, revelando formas pouco cuidadas. Óculos escuros cobrindo os olhos. A voz, meio arrastada:

– Calor, né?

– Ahan – concordou Teresa. E, sem nem sentir que dizia, disse o que talvez jamais devesse ter dito. Mas como?

Disse.

Disse sim.

Meio sussurro: *Sereia rainha*.

A mulher fechou o sorriso. Olhou de esguelha para os lados, como se temesse que alguém as observasse. Entregou para Teresa uma pasta de elástico preta.

— Não pensei que ele mandaria alguém tão jovem. Mas está tudo aí.

Saiu. Rebolativa. Sem olhar para trás.

— Eu — balbuciou Teresa, porém a loira de amarelo não aguardou a fala. Palavra rasgando garganta.

A pasta era fogo nas mãos de Teresa. Os olhos — seus mesmos — a fitavam do espelho, descrentes de sua ousadia. Pensou em correr atrás da mulher de amarelo. *Espera, espera, pegue isto de volta, foi tudo um engano, eu não sou a tal da Nat. Eu.*

Todavia não se moveu.

Nem quando a gorda entrou esbravejando contra o calor. Não. Era toda imobilidade.

Até ouvir o bip.

Olhou para o celular. Leu o que temia. Mensagem.

Clicou.

Tudo certo? Pegou?

E se dissesse não? E se largasse aquela pasta ali, e se saísse correndo, e se esquecesse aquilo tudo, celular jogado pela janela do táxi? Nunca a achariam.

Nunca, nunca, nunquinha.

Mas digitou: *ok*. E enviou.

Depois saiu apressada do banheiro. O mendigo desistira de estender a mão. Olhou para os lados. Coração descompassado, a pasta abraçada ao peito. Correu para o ponto de táxi. Mas o endereço que deu ao motorista não foi o de sua casa.

Não.

O BILHETE

Quando Lurdes abriu a porta, Teresa nem deu boa-tarde, foi logo perguntando se as Gêmeas estavam em casa. Correu para o quarto delas. Bateu a porta atrás de si, passou a chave. Seus olhos eram só espanto, assim como os das amigas, que se voltavam para ela desconhecedores do que acontecia. Falaram juntas, parecendo coisa de jogral bem ensaiado:

– O que aconteceu?

E ficaram paradas. Mil ideias passando por suas cabeças: morte, acidente, namoro. Namoro? Teresa namorando? Será? Teria a amiga, neste mês passado em Torres, perdido a timidez e resolvido apostar em alguma paixão? Elas, as três, bem a fim de namorar, mas a coragem limitada a uma ou outra ficação nas festas da turma. Será que a Teresa? Ah, mas lhes teria dito, teria sim. Eram suas melhores amigas, melhores ainda que a tal da Isabela, que, só por ter casa em Torres, pertinho do

Parque da Guarita, ficava se achando a tal. Mas não era não. Claro que não. Não mesmo.

Muitas ideias. Nenhuma palavra.

Nem das Gêmeas e nem de Teresa, parada, corpo encostado na porta, mochila escorregada no piso, pasta preta em abraço de proteção.

Foi Ana Maria quem insistiu:

– Mas o que houve, guria, pra você entrar aqui assim?

Teresa, olhos assustados, mas ao mesmo tempo brilhantes. Misto de receio e de alegria:

– Uma loucura. Eu fiz uma loucura.

Silêncio. Uma loucura. Sim, fizera uma loucura. Esta a palavra mais adequada para definir o que tinha feito ao chegar a Porto Alegre. Mas e podia ser diferente? Será que no lugar dela as Gêmeas agiriam de forma distinta? Tantas dúvidas. Só uma certeza. Vivia uma história incrível em seus últimos dias de férias. E se o recado viera para ela, era para que aceitasse decifrar aquele enigma. Não sonhara sempre, a cada aventura de Maigret lida, enveredar por um mundo de mistério? Então. Que mais lhe restava senão.

Dissera a senha.

Dissera sim.

Uma loucura.

– E seus pais já sabem? – Agora era a outra Gêmea que falava. Em sua cabeça, já via a amiga aos beijos com um rapaz meio metido a surfista e o comentário no colégio. *Quem diria, tão* certinha, tão envolvida com seus livros de mistérios, e agora aí, aos agarros com esse cara que a gente nem sabe de onde veio. Todavia não deixaria Teresa mal, ficaria do lado dela, a defenderia. Afinal não era para isso que amigas serviam? E, depois, estava mais do que na hora de a Teresa arrumar um namorado. Não só ela, é verdade.

– Não – respondeu Teresa. – Vim direto pra cá. Aliás, preciso ligar pra eles, avisar que estou aqui.

– Ah, não, Teresa. Primeiro conta – pediram as Gêmeas.

– É rapidinho.

Pegou o fone, discou o número do trabalho da mãe e, logo que Dona Regina atendeu, antes que a mãe pudesse raciocinar e dar alguma ordem contrária, foi dizendo: – Oi, mãe, é a Teresa. Olha, só liguei pra dizer que cheguei e que estou bem. Claro, mãe, claro. Olha, é o seguinte, eu não estou em casa não. Aqui nas Gêmeas. É, eu estava com saudades – forçou um sorriso. – Quero botar as fofocas em dia. Beijo, mãe, nos vemos à noite. Tá, não fica preocupada. Ainda tem bastante tempo pra arrumar o material do colégio. Beijo. Beijo no pai – e desligou.

Ao voltar seus olhos para as amigas, percebeu a expectativa estampada em seus rostos iguais. Suspirou.

– Tá, diz logo. Qual o nome dele? – falou Mariana.

Teresa afastou-se da porta, aproximou-se das amigas, toda interrogação.

– Nome? Que nome?

– Ora, Teresa, que nome? O nome do seu namorado.

Teresa riu:

— Nome do meu namorado? Que namorado, Ana Maria? Você enlouqueceu? Não tem namorado nenhum.

— Olha, em primeiro lugar, eu não sou a Ana Maria.

— Ah, desculpa.

— E depois, quem entrou aqui, apavorada, dizendo que tinha cometido uma loucura foi você, não eu.

Teresa sentou-se na cama. *Escutem, e desde quando arrumar um namorado é loucura?* E, mesmo que fosse, explicou que não era daquele tipo de loucura que estava falando. Não. Era loucura pior. Muito pior. Coisa que nunca pensara que um dia poderia acontecer com ela. Jamais.

Coisa de livro.

Terrível e, ao mesmo tempo, legal demais.

— Então chega de mistério. Fala logo, guria, que eu já estou louca de curiosidade.

— É, fala — concordou Mariana.

Assim, vendo as duas, uma ao lado da outra, depois que elas desfaziam uma provável confusão, era fácil reconhecer quem era uma e quem era a outra. Todavia, num primeiro contato, tudo sempre era, para Teresa, muito confuso. Achava as Gêmeas iguais fisicamente, com exceção dos olhos: uma os tinha azuis; a outra, verdes. Uma era mais alegre; a outra, mais aérea, mais trágica. Resultado, quem sabe, da quantidade de besteiras que lia, e levava a sério, em suas coleções de revistas adolescentes. Naquele momento mesmo, um exemplar descansava sobre o tapete. Na capa, um ator jovem qualquer sorria com seus olhos brilhantes, peito desnudo.

Uma era Ana Maria; a outra, Mariana.

E as duas, naquele momento, a olhavam em espera, certas de que, logo, penetrariam no mistério de Teresa, que, depois de respirar fundo, foi contando, devagar, a fim de prolongar a história, o que acontecera na rodoviária. A narrativa, vez que outra, era interrompida por uma exclamação ou por uma pergunta esclarecedora ou curiosa.

Mariana: – Nossa! Você é louca mesmo.

Mariana, de novo: – E a loira era bonita, era?

Ana Maria: – Deixa ver os torpedos.

Mariana. Ou Ana Maria. Sei lá: – Tá, mas e o que tem dentro desta pasta?

Teresa: – Não sei. Ainda não abri.

As Gêmeas, no mesmo momento: – Então abre.

Os olhos das três pararam sobre a pasta de elástico. Pasta comum, meio surrada, destas em que se guardam trabalhos escolares, parecendo pasta usada em dois anos letivos seguidos. Coisa que seus pais adoravam. Elas, ao contrário. E a pasta as olhava também. Dentro, quem sabe, a resolução daquele enigma: a tal da encomenda.

Teresa soltou um elástico, depois o outro. Abriu com vagar a capa: dentro havia jornais velhos. E um envelope branco com um nome sobrescrito numa letra grosseira, caneta preta: *Ao meu filho Jorge*.

– Uma carta.

– Vamos ler – disse Mariana. E, entre a ordem e a ação, não deu tempo para que as outras duas pensassem ou dissessem algo. Pegou o envelope, abriu-o, e o leu em voz baixa:

```
Meu querido filho Jorge, durante
toda a minha vida batalhei pra que tu
pudesse ter uma vida decente, fiz tudo,
mas nunca consegui te dar nada, por
isso te entrego meu maior tesouro.
Decifre os números, siga as estrelas,
e tudo será teu, só teu. As besteiras
que fiz foi pra te dar uma vida melhor,
quem sabe agora tu consegue. Mas não
confie em ninguém. 9238/44/51 e 9241/49.

                            Teu pai, Marco.
```

Mariana parou de ler.

Olhou para as outras.

Disse: – É só isso. Mais nada.

Estendeu o papel, que andou de mão em mão.

– E esses números? E o tal do tesouro? Olha se não tem um mapa aí – falou Ana Maria, pegando a pasta e olhando-a com cuidado. – Não, não tem mapa nenhum. A não ser...

– A não ser? – repetiu Teresa.

E a Gêmea disse:

– A não ser que esteja desenhado com alguma tinta invisível.

As três se olharam. Tinta invisível? Quem sabe.

– Só poder ser. Claro. Os jornais só estão aí pra despistar, pra fazer volume. A pasta é que deve ser o local onde o mapa está desenhado.

A Gêmea falava e, em sua empolgação, caminhava pelo quarto, gesticulando como se estivesse em um tribunal a defender seu ponto de vista. Teresa a olhava admirada. Aquela deveria ser a Ana Maria. Sempre mais atenta a tudo. Esperta como ela só. Seus olhos eram azuis ou verdes?

Teresa respirou aliviada. Agira certo ao partilhar com as amigas aquela descoberta.

– Tá, o mapa está aí, concordo, parece lógico, mas e como a gente vai fazer ele aparecer? – era Mariana.

– O Jotapê! – disse Teresa. – Ele pode nos ajudar. Ele entende destas coisas de química. E se a gente chamasse ele? Vocês sabem se ele está em Porto Alegre?

– Ahan, a Mônica me disse que a Luísa disse que ele ligou pra Camila e convidou ela pra ir tomar um sorvete com ele. Pode? Logo a Camila.

– O Jotapê e a Camila? Não acredito! – falou Teresa. Não que tivesse alguma coisa contra, mas é que os dois não tinham nada a ver. Nada mesmo. E, depois, aquela pergunta que a Isabela tinha lhe feito no Parque da Guarita, volta e meia, invadia sua cabeça. Bobagem.

– Sei não – disse uma das Gêmeas. – A Camila é bem saidinha.

– Bom, isso também não nos interessa, né? Se o Jotapê tá em Porto, vou ligar pra ele.

Teresa pegou o celular, mas antes que teclasse qualquer número, ouviu um bip. Seu coração disparou. Será? Mariana colocou o dedo indicador sobre os lábios, como se o recado, recém recebido, pudesse vê-las ou ouvi-las. Ficaram em silêncio, e, quando Teresa apertou a tecla ler, a cercaram e leram algo que as deixou preocupadas: *por onde tu anda, infeliz. Tô há uma hora te esperando. Tu não te faz de boba, Nat.*

– O que eu faço?

– Responde. Diz que se atrasou ou qualquer coisa. Assim a gente ganha tempo – falou Ana Maria.

– Tempo pra quê? – interrogou Teresa.

Novo bip: *se tu me aprontar, eu te mato.*

Uma leve batida na porta. Era Lurdes, chamando-as para o almoço. Sobre a cama, três garotas em torno de um celular, sem saber direito o que fazer. Todavia, a possibilidade de enveredar por um mundo de tesouros e de mistérios era a mais pura sedução.

Sem pensar muito, Teresa escreveu: *Vai te catar, a pasta agora é minha.*

Porém não enviou.

Riram.

Imagina se mandam a mensagem? O cara ia ficar louco.

Entretanto.

Quem estava do outro lado, jamais poderia achá-las, ali, naquele quarto no décimo andar do bairro Menino Deus. Ele não sabia quem eram elas, não sabia nada sobre elas. E elas tinham a pasta, chamariam Jotapê e descobririam o mapa e o tesouro. Imagina, ficariam ricas, nunca mais precisariam ir à aula e aguentar o tédio. Adeus, cadernos, adeus, fórmulas, adeus, provas, adeus. Viajariam o mundo inteiro, comendo e bebendo do bom e do melhor. E investigando mais e mais mistérios à procura de mais e mais tesouros. As três. E o Jotapê, é claro.

– Tive uma ideia. – Mariana pegou o celular. Pensou em escrever uma mensagem marcando um encontro em outro lugar. – A gente mente que foi seguida pela polícia e aí teve que despistar, entenderam? Aí, até o cara do celular ir ao outro encontro, a gente ganha tempo.

Mas antes que Teresa repetisse a pergunta: *Tempo pra quê?*, Mariana, num descuido, apertou a tecla enviar.

E enviou para quem elas não sabiam quem a mensagem de desafio:

Vai te catar, a pasta agora é minha.

A pasta era delas.

Mas e?

O MAPA

João Pedro, conhecido na rua e no colégio como Jotapê, observava pela janela a rua de casas antigas. Gostava de morar no Menino Deus por causa disso: ruas ainda cheias de moradias, em que os vizinhos se acenavam de uma janela à outra, conviviam com avenidas asfaltadas, repletas de prédios enormes, de onde, dos andares mais altos, podia-se ver o Guaíba com suas ilhas, o Gasômetro, o mais belo pôr do sol do mundo. Os ipês e jacarandás ofereciam sombra às poucas pessoas que circulavam pela tarde.

Saiu.

Do portão, espiou para o final da rua. Nada das três. As árvores, apesar do calor de fevereiro, concediam um frescor à rua. As amigas disseram que viriam logo após o almoço. Mas já eram duas horas mais alguns minutos, e nada. Um carro passou lentamente como se procurasse algum endereço.

Carro preto, vidros escuros que não deixavam ver o interior. Em tempos de violência, como costumava dizer seu avô, a gente acaba mesmo é prisioneiro de nossa própria casa, de nosso próprio carro. O avô, homem do interior, sempre fora meio apocalíptico. Não via solução para nada. Dizia que o mundo ia de mal a pior.

– É, João Pedro – falava naquela vozinha encatarrada, cada vez que abria o jornal nas páginas policiais, algo que o chocava e, ao mesmo tempo, atraía. – O mundo está deveras perdido.

O vô era um sarro, pensava João Pedro, com suas ideias de final do mundo e seu *deveras*. Adorava dizê-lo. Em qualquer e em todas as ocasiões. E as amigas, após aquele estranho e misterioso telefonema, também estavam deveras atrasadas. Ele, cada vez mais curioso. Falaram numa pasta e num tesouro. Tudo muito confuso. Ele querendo saber mais detalhes, e Teresa meio monossilábica. Tudo bem. Como todo capricorniano, João Pedro não era do tipo curioso. Sabia esperar. Sabia aguardar o momento certo para cada coisa.

Nada de pressa.

Tudo no seu tempo.

Todavia, o coração disparou, não sabia se por ver Teresa, depois de tanto tempo, ou se por que descobriria o que elas estavam tramando. Saiu para a calçada, quando as enxergou dobrarem a esquina lá no final da rua. Teresa trazia alguma coisa abraçada ao peito.

– Oi – sorriu.

– Depressa, vamos entrar rápido, podemos estar sendo seguidas – disse uma das Gêmeas, a de olhos verdes. Cabelo loiro preso dividido em duas tranças.

– Oi, Jotapê – sorriu Teresa.

– Você está sozinho? – perguntou a Gêmea de olhos azuis.

– Meu vô está em casa, mas no quarto dele, descansando.

Ana Maria disse *perfeito* e enveredou pelo pátio, sem dar bola para o cachorro que vinha recebê-las, saltitando e balançando o rabo. Entraram na casa.

– Tranque a porta – mandou uma das Gêmeas. E, embora obedecesse, João Pedro ficou meio contrariado. Que droga. Ligavam pra ele, vinham até a casa dele, cheias de mistérios e não sei que mais, e ainda ficavam dando ordem. Saco. Gurias adoravam dar ordens. Sempre. E por qualquer motivo. Uma das Gêmeas, ele achava que era a Ana Maria, então, era a pior de todas. Mandona total. Fazer trabalhos em grupo com ela sempre era um inferno. Só ela sabia. Só ela fazia. Só ela mandava.

Tão diferente da Teresa.

Toda doçura com seus olhos amendoados.

Toda linda com sua pele morena.

– Meu Deus!

Teresa tinha o celular na mão. Olhos arregalados. Haviam esquecido do erro da Mariana: o envio do recado debochado. E, naquele momento, em sua mão, a resposta do desconhecido queimava. Estariam perdidas se aquela pessoa as descobrisse.

– Olhem!

Olharam. E leram: *Desgraçada, vou te picar todinha.*
– Meu Deus! Que mensagem é essa? – disse a gêmea de olhos verdes. E as irmãs buscavam no rosto de Teresa alguma resposta. Que não veio. O rosto da amiga estava pálido, muito pálido.

Então, o celular emitiu aquele ruído característico de mensagem chegando. Teresa a abriu, leu em voz alta para os amigos, as palavras rasgando a garganta seca.

– *Te acho e acabo contigo. Vou ficar na tua cola até te achar, infeliz, traidora.*

As Gêmeas se olharam, uma segurou a mão da outra de forma instintiva. Jotapê ainda sem entender, afinal, o que estava acontecendo, o que as amigas haviam aprontado. E, antes que dissesse qualquer palavra, que fizesse qualquer pergunta, nova mensagem. Mensagem que Teresa não leu. Apenas estendeu o celular para os amigos. E eles leram em silêncio: *Tá pensando o quê? Que vai ficar com tudo sozinha? Te pego e te dou um corretivo dos bons.*

E o medo foi chegando e se instalando neles em partes. Assim como as mensagens.

E agora?

Agora, diria a mãe de Teresa, *a Inês é morta.* Bom, melhor a Inês que ela, Teresa.

– Olha, que tal vocês me contarem logo o que está acontecendo, hein? Que recado é esse? O que vocês aprontaram? – perguntou Jotapê, olhar inquiridor.

Então.

– Nós, não. A Teresa – disse Mariana. Depois, diante do olhar de censura da irmã e da amiga, sorriu meio sem graça, e falou: – Tá, contem logo pra ele.

Contaram.

No quarto do João Pedro, luz do sol entrando através da cortina, Teresa contou tudo. Mostrou os recados que recebera, os que mandara. Falou da emoção de viver uma história policial, como aquelas que o Simenon ou a Agatha Christie escreviam. Depois falou do medo que começava a sentir. Não seria melhor ligar para o número de onde partiram os recados e devolver a pasta? Botar um final naquilo tudo?

Seria?

– Será que isso tudo não é apenas uma pegadinha, hein? – perguntou Ana Maria. Porém, a pergunta ficou sem resposta. Ela mesma depois de perguntar já se dando conta de que não. Havia sim um tanto de verdade naquilo tudo. Ela sabia. Sabia. Por isso, o medo apertava o coração. Como, com certeza, ocorria com os amigos. Afinal, rostos tensos a fitavam.

– E aí? Ligo pro homem e devolvemos tudo? – A pergunta soou meio fraca, a voz de Teresa estava trêmula.

Silêncio. Aí. Aí Jotapê falou.

– Pode ser. Mas se o cara for barra pesada, ele não vai deixar por menos, vai querer acabar com a gente.

Jotapê dissera *gente*. Teresa ficou feliz. Ele mal se envolvera na trama e já se considerava parte dela. Era um cara bem legal o Jotapê. Cabelo raspado à máquina. Olhos grandes, pretos, *piercing* na sobrancelha. Boca que se abria num sorriso de dentes e aparelho. Mergulhou naquele olhar, sentiu que aquela história tomaria o rumo que o Jotapê quisesse. O resto? Azar, o resto seria uma aventura daquelas para jamais esquecer. E, assim, ouvindo-o falar, qualquer medo se dissipava.

– Tá. E o que a gente faz agora que essa anta da minha irmã enviou aquele recado idiota?

– Esperar. E tentar achar o tesouro. Cadê a pasta com o mapa? Quero ver.

Teresa abriu a pasta, jogou os jornais velhos e o bilhete sobre a cama, e estendeu-a para o amigo. João Pedro virou a pasta ao avesso. Olhou-a com cuidado. Foi dizendo:

– Olha, acho que não tem nada escondido aqui não. Não leva jeito de ter mapa desenhado.

Levantou-se, foi até o armário e retirou uma caixa grande, de acrílico transparente, cheia de vidros com líquidos e pós. Havia algumas lixas, um que outro tubo de ensaio, uma grande lente de aumento, pincéis.

– O que é isso? Pra que serve? – Mariana, após Jotapê abrir a caixa, pegou um dos vidros e olhou-o contra a luz.

João Pedro fez um ar de mistério. Falou devagar. Sabia que, de seu conhecimento de química, tão elogiado pela professora Márcia, poderia chegar a um tesouro, embora tivesse quase certeza de que aquela pasta não escondia nenhum mapa. Era uma pasta comum, apenas, mais nada. Talvez, no frigir dos ovos, Teresa estivesse apenas sendo vítima de uma brincadeira. Apenas.

– Serve pra que a gente descubra o mapa. Se houver mapa mesmo.

Pegou um pincel, molhou-o numa mistura que fez num copo de vidro e foi passando pelo interior da pasta. Ela foi ficando úmida. Porém nada apareceu. Nenhuma linha, nenhuma palavra que pudesse ser indício do segredo que a pasta escondia.

– Nada – disse ele. – Como eu pensava. Ou o mistério é maior que a nossa capacidade, ou tudo, realmente, não passa de uma pegadinha.

– Será? – perguntou Teresa, entre alívio e decepção. Se tudo fosse uma brincadeira, ótimo, nada de perigos, nada de riscos, estaria livre para a chatice de seus últimos dias de férias a organizar o material escolar. Entretanto, se tudo fosse verdade, e eles estivessem errados em suas conclusões, o perigo os espreitava e uma série de aventuras lhes acenava. Aí, sim, fecharia com chave de ouro seus últimos dias de fevereiro.

Assustada, percebeu que a segunda opção era bem mais sedutora.

– Ah, eu não me conformo. Tem que ter um mapa desenhado aqui. Tem que ter.

Mariana pegou uma tesoura e começou a recortar a pasta, arrancando a proteção plastificada em preto, que a tornava mais resistente. Depois, pegou o pincel e fez o mesmo que Jotapê havia feito. Nada.

Novamente nada de mapa.

– Que droga!

João Pedro pegou o bilhete, leu-o várias vezes. O segredo, se havia algum, estava ali, naquelas poucas palavras. Naqueles números. Mas onde?

Foi então.

Foi naquele momento de incertezas que o celular de Teresa tocou.

Insistente.

Ele conferiu o número. Sim. Não havia dúvidas. Era o mesmo número de onde partiram os recados.

O engano havia sido descoberto.

Ela havia sido encontrada.

Silêncio no quarto. A Gêmea de olhos azuis cobria os lábios com a mão. *Meu Deus*, balbuciou, afastando-se do celular, como se temesse o que pudesse vir dele.

– Eu atendo – disse Jotapê.

O CAVERNOSO

Logo que colocou o telefone no ouvido, Jotapê escutou apenas um grunhido. Respiração pesada, raivosa. Afastou um pouco o aparelho, para que as amigas pudessem ouvir a conversa:

– Alô.

– Olha, garoto, vou direto ao ponto. Não quero enrolação. – A voz era grossa, rude, embora demonstrasse tentativa de controle da raiva. – A dona deste celular tá com algo que me pertence. E eu quero de volta. Entendeu?

– Ninguém tem nada seu aqui. – Jotapê engrossou a voz. O que aquele tipo estava pensando? Que ia ligar e ir ameaçando assim no mais?

– Não te faça de herói, garoto. O último que tentou isso comigo tá a sete palmos debaixo da terra, entendeu? Não sou homem de brincadeiras. Quero a minha pasta de volta. E a tua amiguinha deve estar com ela. Se tu não tá sabendo o que ela aprontou, pode perguntar pra ela que ela vai te dizer. Quero a pasta nas minhas mãos ainda hoje.

– Olha, você deve ter ligado errado, esse telefone é meu. Não tem nenhuma amiguinha aqui. Viu? – Os olhos de João Pedro procuravam dar segurança às meninas, que o olhavam, faces pálidas, olhos cheios de pânico. Vontade, quem sabe, de sair correndo dali. Teresa, apesar do medo, se surpreendia com a coragem do Jotapê. Não falhara a sua intuição ao lembrar de chamá-lo para aquele mistério. Mas será que valia a pena tanto risco? Melhor mesmo era devolver a pasta.

– Não liguei errado porcaria nenhuma. Sei que o telefone é de uma menina, ela deve ter uns 15 anos, cabelos lisos, cara de índia. A sacana se passou por uma amiga minha e pegou o que não lhe pertencia. Custei a me dar conta disso. A pobre da minha amiga até ficou com algumas marquinhas, mas tudo bem, sem problemas. Só quero o que é meu de volta. Olha, garoto, vou te dar uns dez minutos. Depois ligo de novo, aí quero que tu tenha uma solução, certo? Senão. – E desligou, antes que Jotapê pudesse dizer qualquer coisa.

Melhor assim, pensou. Melhor.

Ficaram os quatro se olhando. De fato, a história do mapa começava a sair do controle deles, se é que em algum momento esteve. Um mistério. Uma ameaça. E eles meio sem saber o que fazer.

– O melhor é devolver a pasta. E pronto. Acaba a brincadeira. – Mariana abraçava-se a si mesma, os olhos espremidos voltados para a janela, como se dela pudesse, a qualquer momento, surgir o homem da voz rude, cavernosa.

— Devolver como, Mariana, se você destruiu a pasta? — Ana Maria falou com rispidez. Odiava os descontroles da irmã, embora aquela ideia, sabia, era a melhor, talvez a única, a fim de saírem daquela situação numa boa.

— A gente cola. O Cavernoso nem vai perceber. Você tem cola, Jotapê?

Jotapê sorriu, olhou para Teresa. Perguntou:

— E você, Teresa, que acha que a gente deva fazer?

Teresa amou a pergunta. Amou o carinho e a preocupação do Jotapê. Porém, não sabia ao certo o que fazer. O cara do celular descobrira o engano. Mas chegar até eles era outra história. Claro, ele tinha sua descrição. Com certeza, a mulher de amarelo devia ter feito um retrato falado dela. Quem sabe, naquele momento, alguns bandidões não andariam atrás da menina que pegara a encomenda? Teresa era uma garota procurada. Tinha medo.

Mas como o Maigret agiria num momento daqueles?

O inspetor, com certeza, não aceitaria as ameaças. Iria até o fim para descobrir o mistério da rodoviária. E ela? E ela?

Ali, parada, sem resposta alguma.

Só o coração descompassado.

Só.

Sabendo que deveria dizer alguma coisa para o Cavernoso, como o chamara Mariana, quando ele retornasse a ligação.

Faltavam alguns minutos.

Precisava se decidir.

Agir.

João Pedro pegou o bilhete. Leu-o novamente, ali devia estar a chave do mistério. Naqueles números. Eles é que deveriam dar as coordenadas para achar o tesouro.

— Estes números — falou para si mesmo.

E bastou aquele balbucio de quem está intrigado para que Teresa se esquecesse da resposta que deveria dar. Sim, sempre achou também que a solução para o mistério estava nos números.

— Eu também acho que eles são a chave do mistério — disse.

— Será um número de celular? — perguntou Jotapê.

— O do Cavernoso? — gritou a Gêmea de olhos verdes.

Teresa conferiu as ligações recebidas. Não, não era. E depois, se o primeiro número referido no bilhete, 92384451, podia ser de celular, o outro não. Faltavam números. E tinham também as barras separando-os.

— Não, não pode ser número de telefone. Mas o que é então? — Teresa, olhos nos olhos de João Pedro. Belos olhos escuros ele tinha. E o *piercing*.

— Vamos ter que descobrir.

Uma das Gêmeas ergueu-se. Disse, voz meio esganiçada, de quem está louca de medo:

— Olha, eu não acredito que nós estamos sendo ameaçados, e vocês, em vez de devolverem essas porcarias, ainda ficam querendo descobrir o que são estes números. Esqueçam.

Somos adolescentes, mais nada. Não podemos ficar enfrentando um homem destes e sairmos na boa. Eu estou fora.

Bateu a porta e saiu.

– E vocês? – perguntou Teresa.

João Pedro sorriu:

– Estou dentro.

– E eu também – concordou a outra Gêmea.

– Ok – sorriu novamente Jotapê. – Mas esclarece uma coisa: qual das Gêmeas você é?

Riram.

– Adivinha? – disse ela.

Todavia, nem João Pedro nem Teresa tiveram tempo de responder. O toque do celular soou novamente.

Teresa não pensou muito. O que tinha de ser seria. Tarde demais para tentar desistir do sonho de viver uma aventura de livro.

Atendeu.

O homem da voz cavernosa, mais cavernosa ainda agora, não esperou que ela dissesse alô, foi logo ameaçando:

– Olha aqui, chega de jogar conversa fora, quero a pasta. Se tu me entregar, sai todo mundo limpo, sem nenhum arranhãozinho. Caso contrário.

– Caso contrário? – repetiu Teresa.

– Ah, é tu, indiazinha? Corajosa, hein? Tu tá trabalhando pra quem? Pro Corcunda ou pro Mariozinho?

– Nem sei quem são esses aí.

– Tá, vou fingir que acredito. Então me devolve a pasta. Marca um lugar, uma hora, larga lá, eu pego, aí fica tudo na paz, certo?

– E se eu não concordar?

O Cavernoso riu:

– Bom, aí eu vou te encontrar. Mais cedo ou mais tarde a gente se encontra. Aí eu arranco o teu escalpo, indiazinha.

– Eu não tenho mais a pasta.

Breve silêncio do outro lado. Teresa ouviu uma voz de mulher, meio chorosa, dizendo qualquer coisa para o Cavernoso. Depois ele perguntou:

– O que tu fez com ela?

– Molhou. Rasgou.

A porta do quarto abriu-se devagar. A Gêmea voltava. Num cochicho, foi perguntando se era o Cavernoso. Ana Maria balançou a cabeça dizendo que sim. Ela entrou.

– E os jornais? E os bilhetes?

– Estão direitinhos.

– Ótimo. Eu te perdôo pela pasta. Me devolve o bilhete e os jornais e tudo fica na paz. Posso até te arrumar uma graninha. Ok?

Teresa silenciou. Tapou o bocal, voltou-se para os amigos, perguntou o que deveria dizer. *Marca um lugar qualquer*, disse João Pedro. *Enrola ele*.

– Tá, eu vou deixar tudo no recanto oriental, lá na Redenção. Bem em frente à imagem do Buda. Lá pelas cinco da tarde. Vou deixar tudo dentro de uma sacola de supermercado.

– Muito bem, garota, muito bem. Assim é que se fala. Mas não tenta nenhuma besteira, hein? Já tou mexendo os meus pauzinhos pra te achar, caso tu esteja querendo me enganar. Deixa tudo lá e não se fala mais nisso.

– Ahan.

Depois só o silêncio. A ameaça final ainda reverberando nos ouvidos de Teresa. E a certeza. Se o Cavernoso não se importava com a pasta, o certo é que o segredo se escondia no bilhete, nos números, como ela e Jotapê achavam.

– Ele quer os jornais, não? – perguntou o garoto, erguendo-se da cadeira. Olhos postos nos dois exemplares jogados sobre o tapete.

Os jornais.

Neles estava a solução do mistério.

Ou pelo menos pistas para que entendessem em que enigma estavam envolvidos.

João Pedro colocou os jornais, um ao lado do outro sobre a cama. Eram antigos, de quinze anos atrás. Tirou, mais uma vez o bilhete do envelope. Leu o que Marco dizia para seu filho Jorge:

```
Querido filho... nunca pude... este
tesouro... siga as estrelas...
9238/44/51... 9241/49...

                              teu pai...
```

Olhou para as capas dos jornais.

Sorriu.

– Olha só, o segredo estava diante de nossos olhos o tempo todo.

As amigas se voltaram para onde Jotapê apontava.

Sorriram também.

OS JORNAIS

Os números estavam ali, bem na frente dos olhos deles, o tempo todo. Eram a porta de entrada para o mistério.

Abraçaram-se.

– Viram só? – Jotapê sorria.

Olhos nos olhos de Teresa.

– Puxa – Foi tudo o que ela conseguiu dizer, quando aqueles olhos escuros entraram nos seus.

E diante de algo que não sabia direito o que era, mas que sentia lá bem dentro de si, sensação estranha, vontade de abraçar bem forte o Jotapê, sentir seu cheiro, seu toque, começou a falar, na tentativa de apagar aquilo que ia por dentro dela:

– Olha, se há algum mapa, o que eu já estava começando a duvidar, ele está nas páginas destes jornais.

Sim, seus olhos ainda não acreditavam no que viam. No alto das páginas amareladas, bem abaixo do nome do jornal, escrito em letras maiúsculas, estavam os números. Não completos, mas o início: 9238 e 9241. Edições de uma terça-feira e de uma sexta-feira de setembro. Parte da charada estava resolvida: os números indicavam aquelas edições.

– Os números – balbuciou uma das Gêmeas. Após, como se só naquele momento se desse conta, disse: – O segredo está nos jornais. Mas faltam os números após a barra. O que será que eles representam?

Parte do enigma esclarecido, novo mistério parecia acenar-lhes. Porém Teresa gostou. Começava a deixar o medo escondido em qualquer canto, queria que ele sumisse de vez, e a presença do Jotapê parecia a certeza disto. Queria naquele momento concentrar todas as suas forças e deixar toda a experiência adquirida em anos de leitura policial vir à tona. Aí sim poderia resolver aquela charada.

Pegou o bilhete.

– Olha, o Marco está dizendo para seguir os números.

– E as estrelas – completou Ana Maria.

– Mas nem é noite ainda – disse Mariana. – E depois, vocês nem pensem que eu vou sair por aí, ainda mais à noite, seguindo estrela como se eu fosse um rei mago. Estou fora.

João Pedro riu. Falou:

– Acho que não são dessas estrelas que ele está falando.

Pegou os jornais. Observou-os com atenção.

Na capa de um deles, o anúncio em destaque do aumento da gasolina. No outro, um novo pacote econômico do governo prometia um final de ano cheio de ajustes. Em pequenos destaques, as notícias do dia: convite para que os leitores abrissem as páginas, caso quisessem saber mais. Na parte esportiva, ambas as edições destacavam o Gre-Nal que ocorreria no final de semana. O Grêmio só precisando de um empate para sagrar-se, mais uma vez, campeão gaúcho.

– Vamos pensar, gente. Pensar, nestas horas, é a melhor solução. Se os números indicam as edições do jornal, se o tal do Marco guardou esses jornais tanto tempo e se o Cavernoso não se importou com a destruição da pasta, desde que a gente entregue os jornais e o bilhete, é porque a resposta está neles. O bilhete é a chave para que a gente entenda o que se esconde nos jornais. Não sei pra vocês, mas pra mim parece óbvio que o segredo se esconde nas páginas desses jornais antigos.

– É isso! – gritou Teresa, pegando um dos jornais das mãos de Jotapê. – Deixa eu ver. Mas é claro.

Folheou o jornal. A certeza, aos poucos, se instalando nela. Parou na página 44 e apontou para uma notícia que trazia, ao lado da manchete, o desenho de uma estrela de seis pontas, feita à caneta.

– Os números após a barra são as páginas. E aqui, olhem, a estrela.

Três pares de olhos se juntaram aos de Teresa. Na página 44, da edição 9238, havia, destacada pela estrela em caneta, uma notícia sobre a reforma da Casa de Cultura Mario Quintana.

– E na 51? – Um deles perguntou.

Teresa avançou. Abriu na página indicada.

Nova estrela em caneta azul.

A notícia destacada:

QUADRO DE PORTINARI É ROUBADO DO MUSEU DE ARTE DO RS

O quadro "Menino sentado e carneiro", de Cândido Portinari, foi roubado do MARGS - Museu de Arte do Rio Grande do Sul. O porteiro, Ariovaldo Cerqueira, disse que só se deu conta do sumiço da peça, ao circular, no final do expediente, após todas as portas lacradas, pela galeria onde a obra do grande artista brasileiro era exposta. "Quando eu me deparei com aquele vazio na parede, achei estranho, aí chamei a moça responsável pela exposição e ela confirmou que estava faltando um quadro". Ariovaldo afirma ainda ter visto um homem magro com ares muito suspeitos saindo do museu por volta das 15h. Disse que pensou que o homem estivesse passando mal, por isso não lhe barrou a saída.

Dora Assunção, curadora da exposição itinerante "A arte de Cândido", disse que o que ocorreu foi um fato lamentável, o que só confirma o despreparo dos museus e galerias em relação à segurança. "Como que alguém entra no Museu, retira uma tela da parede, sai com ela e ninguém vê?". Dora afirmou, ainda, que reproduções da tela serão espalhadas pelas cidades, pelos aeroportos e rodoviárias, a fim de impedir que o ladrão possa negociá-la.

A polícia tem informações e retrato falado de um homem alto e magro, visto em atitudes suspeitas, saindo do Museu. Qualquer informação pode ser feita através do fone 311.51.34 ou diretamente na administração do MARGS: Praça da Alfândega, s/nº.

Aquele seria o tesouro a que o bilhete se referia?

Um quadro de Portinari.

Teresa observou a reprodução da tela que acompanhava a notícia: um garoto, sentado em um banco, abraçava um carneiro que trazia no colo. Simples.

E belo.

Apesar da imagem em preto e branco.

– Duas notícias envolvendo dois centros culturais: um museu e uma casa de cultura. Será que roubaram algo da Casa Mario Quintana também? – falou Jotapê.

Não tinham ainda clara a relação entre as duas notícias assinaladas. Mas que elas tinham a ver, ah, disso eles não tinham dúvida. Mas o quê? Que linha invisível a seus olhos as uniria?

– Quem sabe o outro jornal nos dá a resposta. – disse uma das Gêmeas. – Qual é a página mesmo?

– 49.

Abriu-o na página.

E ninguém se surpreendeu em localizar outra notícia destacada pela estrela feita com caneta. Esta, um pouco mais escondida, como se tentasse ser visível apenas a quem a estivesse procurando. Aquela notícia, pensou Teresa, devia ser a chave-mestra a abrir as portas do segredo, que ainda estavam lacradas.

Jotapê leu:

PRESO LADRÃO DO PORTINARI

Marcolino Pereira, 59 anos, pedreiro, confessou, ontem, após interrogatório policial, que roubou o quadro "Menino sentado e carneiro", de Portinari, quando fazia a instalação de ar-condicionado no MARGS. Disse que não sabia o valor que o quadro possui e que o roubou a pedido de um desconhecido que encontrou em frente ao Museu. O homem teria lhe oferecido uma soma em dinheiro em troca do quadro, informando-o como fazer para retirá-lo em segurança do Museu.

"Eu só fiz o que ele pediu. E ele pegou o quadro e disse que ia buscar a grana, mas não apareceu mais. Aí eu fiquei com medo e fui para casa", disse Marcolino, afirmando desconhecer o paradeiro do quadro. "Nunca roubei nada não, moço. Sou trabalhador honesto".

Marcolino foi preso graças ao retrato falado feito a partir das informações de uma funcionária da limpeza do Museu, que achou seu jeito meio estranho, ao cruzar com ele quando chegava para o trabalho. Ao ser preso, Marcolino trabalhava na reforma do Hotel Majestic, atual Casa de Cultura Mario Quintana.

Após depoimento, Marcolino Pereira foi encaminhado ao Presídio Central, onde responderá a processo por roubo.

Qualquer informação sobre o paradeiro do quadro, favor informar...

– Tá, e daí? – perguntou a Gêmea de olhos azuis.

– Daí que tem tudo a ver, Mariana!

– Tudo a ver o quê, Ana Maria?

– Ora, o cara que roubou o Portinari trabalhava na Casa de Cultura. Entendeu?

– Sim. Mas e o que tudo isso tem a ver com o bilhete e com o tesouro?

Ana Maria silenciou.

– Responde, Sherlock! – ironizou Mariana.

Teresa pensava nos detetives dos livros que lera. Ao estarem com todas as pistas nas mãos, pensavam, pensavam, pensavam. Era isso que deveria fazer. O bilhete com seus números e estrelas levavam aos jornais; os jornais destacavam três notícias, estas falavam de um roubo e da prisão do ladrão.

O ladrão: Marcolino Pereira.

Havia uma foto do homem no jornal: a polícia em volta, ele escorado na parede, talvez a buscar proteção. Abaixo, a legenda: *Sou trabalhador honesto*. Seria? Havia alguma coisa estranha em sua expressão. Marcolino seria realmente apenas um pedreiro virado ladrão por causa de um desconhecido? Seria o Cavernoso o desconhecido do qual Marcolino falava? Ou tudo não passava de uma grande mentira: ele mesmo roubando, escondendo a tela e jogando a culpa em alguém que não existia?

Os olhos.

Nos olhos do pedreiro, Teresa leu muita determinação. Ele sabia onde estava a tela, mas jamais diria, pensou a garota.

O bilhete.

Sentia que tudo voltava a ele. Como era mesmo o nome do homem que o assinava? Paulo? Carlos?

– Marco! – gritou.

E foi revelando a luz que se fazia em sua mente. Sim. O Marco, autor do bilhete, era o Marcolino, ladrão do quadro. *Marco e Marcolino são a mesma pessoa.*

– Faz sentido – disse Jotapê.

– E se eles são a mesma pessoa, o tesouro é o Menino do Portinari – exclamou Teresa. – É isto que o Marco deixou para o seu filho. É isto que o Cavernoso quer.

– O quadro roubado – murmurou Ana Maria. – Perfeito.

Teresa seguiu dizendo que deveriam ir até o MARGS. Lá saberiam, com maior certeza, se o quadro foi achado. *Caso não tenha sido, tudo se confirma. Vamos?* – convidou. Ana Maria e Jotapê responderam sim.

No entanto, Mariana lhes lembrou o que talvez nenhum deles quisesse lembrar:

– Tá, e o Cavernoso? Vocês não disseram que levariam os jornais lá na Redenção pra ele?

Disseram.

Na parede, o relógio marcava 16 horas.

Tinham apenas uma hora para decidir o que fazer.

Só uma hora.

O ENCONTRO

No calor insuportável das ruas de Porto Alegre, enveredar entre as árvores da Redenção era refresco, fuga do sol que, naquele horário da tarde, queimava tudo. E todos. O fogo só não superava o pulsar dos corações. Forte. Bomba-relógio.

Caminhavam em silêncio. João Pedro, mochila preta nas costas. Todos, gargantas secas, meio sem saberem se a atitude fora a mais correta. Enfrentamento. Era isto que buscavam.

Tentativa de enganar a voz ameaçadora que tinha a descrição de Teresa e que poderia, a qualquer momento, chegar até ela. E a sensação de estarem indo contra o que desconheciam provocava em Teresa certo receio. Mas a decisão fora a correta. Pelo menos era o que tentava acreditar. Ela e os amigos.

O tempo pouco.

O segredo se tornando visível, cada vez mais, aos olhos deles. As estrelas no jornal a lhes dizer que estavam no caminho certo.

A sede de desvendar o enigma do roubo do Portinari era maior que qualquer risco.

Sentiam.

Caminhavam firmes. Minutos correndo mais rápidos que eles. O plano acertado na casa de Jotapê: largariam a sacola aos pés do Buda, no recanto oriental, antes que o Cavernoso chegasse. Sairiam rápido, sem olhar para trás. Embora Ana Maria tivesse sugerido ficarem escondidos para verem a cara do Cavernoso ao abrir a sacola. Risco inútil. Tinham ainda outra tarefa antes que aquele dia terminasse.

Jotapê ia mais à frente. Sacola nas mãos. As meninas, alguns passos atrás. Teresa e uma das Gêmeas de mãos dadas. Qual delas? Quem tinha mesmo olhos verdes?

– Desconfiem de tudo e de todos – disse o garoto, olhando para os lados, sobretudo para as pessoas sentadas nos bancos. Um ou outro menino de rua correndo com um cão, pessoas caminhando, algumas em trajes esportivos; outras, que aproveitavam a sombra das árvores para tentar tornar mais ameno o calor da tarde, seguiam com suas pastas. Babás com carrinhos de crianças. Casais tomando chimarrão.

Fevereiro não as desocupara.

Teresa as observava. Pessoas comuns, em atitudes comuns. Todavia, depois do que experimentara na rodoviária, e no qual mergulhara de cabeça, sabia: atrás de rostos simples poderiam se esconder mistérios, desejos, maldades. Seus olhos procuravam o Cavernoso. Aquela voz rouca a fizera imaginar um homem rude, careca, rosto duro, queixo quadrado, dentes excessivamente grandes numa boca também grande, barriga protuberante, coronha da arma a aparecer na cintura. Era um homem assim que procurava. Era um homem assim que o Cavernoso devia ser.

Porém.

O que via eram pessoas comuns. Comuns como ela e os amigos que caminhavam pelas ruas do parque. Comuns, eles? Como, se traziam nas mãos uma sacola que poderia levá-los a um confronto?

Ou à morte.

– Chegamos – disse Jotapê.

Os quatro pararam e observaram em volta. Tudo deserto no recanto. Apenas a estátua do Buda, em tom dourado, a lhes dizer *aproximem-se*.

Aproximaram-se.

Olhos atentos a qualquer movimentação. Uma das Gêmeas a apertar forte o braço de Teresa. Quase dor. Jotapê largou a sacola na base da estátua. Consultou o relógio: quinze para as cinco.

Pronto.

– Vamos – disse.

No entanto, quando se viraram, deu-se o imprevisto.

Dois homens estavam parados, bloqueando o caminho de retorno. Os corpos escondendo dos passantes a entrada do recanto. O mais alto deles sorriu. O outro, cicatriz em forma de raio atravessando o rosto e modificando o desenho dos lábios finos, ergueu a camiseta preta e deixou que vissem a coronha de um revólver e o cabo de uma faca. Estava sério.

Mariana tremeu, mão virando garra no braço de Teresa. Jotapê deu um passo à frente, seu corpo queria ser proteção às amigas. Teresa pôs a mão em seu ombro.

Expectativa.

– A indiazinha arrumou uma gangue, então? – disse o mais alto. Voz grossa, cavernosa. Deu uma passo à frente, enquanto, com os olhos, ordenava que o outro ficasse atento. Prosseguiu: – Fico feliz em saber que trouxeram a encomenda. Tu aí – apontou para a Gêmea que agarrava o braço de Teresa. – Me traga a sacola até aqui. Quero ver se vocês fizeram direitinho.

Silêncio. Os olhos azuis da Gêmea eram só pânico. Diante de si, o Cavernoso, com sua voz de medo, a paralisava.

Era o Cavernoso. Em carne e osso, como diria a mãe de Teresa. E tão diferente do que ela imaginara. Homem alto, elegante, terno escuro, verde-musgo, rosto bem barbeado, cabelos penteados para trás, gel. Um homem distinto, caso, a seu lado, não estivesse aquele outro, rosto marcado por tremenda cicatriz. Armas à mostra.

– Eu pego – disse Teresa. E já começava a encaminhar-se até o Buda, quando o Cavernoso falou duro, firme.

– Ela.

O homem da cicatriz colocou a mão sobre a coronha da arma. Ergueu a cabeça em atitude de intimidação. A boca se contraiu no que deveria ser um riso.

– Eu vou, eu vou – disse a Gêmea. – Pode deixar que eu vou. E foi.

Devagar.

As pernas em câmera lenta. O coração só pulsar descompassado. E o medo. Afinal, não fora dela a ideia de enganar o Cavernoso? Agora o homem estava ali, bem na frente deles, rosto meigo, expressão gentil, mas a voz. A voz vinha das profundezas. Era má. Voz de fantasma de filme de terror. E os olhos de um escuro maldoso. *Droga, e logo eu fui ter a ideia.*

– O que vocês querem com a gente? Os jornais estão ali, como vocês pediram.

– Isso é o que veremos, valentão – disse o Cavernoso.

– Aliás, gosto de garotos valentões. São sempre metidos a corajosos, né, Douglas? – riu. O outro fez um gesto afirmativo com a cabeça. A boca, rasgada pela cicatriz, contraiu-se novamente. Devia estar rindo, se divertindo com o medo que via nos quatro.

– O problema é quando a gente põe esses garotões valentes contra a parede, né, Douglas? Aí eles se mijam nas calças de medo.

– Se mijam – concordou o outro, numa voz falhada. Boca leporina.

Teresa e Ana Maria deram as mãos, quando Mariana passou por elas com a sacola de supermercado. Olhou-as como se dissesse: *Me tirem desta. Estou frita*, mas a boca nada pronunciou. Jotapê sabia que o Cavernoso tinha más intenções, sabia que, ao ver o conteúdo da sacola, ficaria muito bravo, porém, percebeu também que, pelas roupas, pelos sapatos de boa qualidade, não era homem para cometer atos impensados. Não os mataria ali, tão próximo de pessoas que passeavam pela Redenção. Não. Ali não.

Só temos uma chance, pensou. Por isso, ao encontrar os olhos azuis de Mariana, tentou dizer-lhe que, após entregar a sacola, corresse para perto deles. Teria ela entendido? Era a única chance que tinham.

Só uma.

Sim, teriam de fugir.

Senão o Douglas, com sua cicatriz de Harry Potter aumentada, a cortar a face em duas, se divertiria com eles e com os brinquedinhos que trazia na cintura.

Jotapê observou em torno. Se saíssem correndo entre as duas árvores, chegariam a um gramado. Dali até o acesso central do parque, onde estariam protegidos pelo aglomerado de pessoas, era pouca distância.

Correriam.

Assim, quando Mariana entregou a sacola para o Cavernoso e voltou-se para eles, Jotapê gritou: – Corram!

Surpresa dos homens.

Sacola caída aos pés do Cavernoso.

Correram.

Nos ouvidos, atrás de si, a voz cavernosa a alertar:

– Douglas, eles tão fugindo.

Passaram entre as árvores, pernas sendo pequenas para tantos obstáculos. Atravessaram o gramado. Pularam o jardim de margaridas. Alcançaram o passeio central.

– Vamos até a Oswaldo Aranha – gritou Teresa.

Seguiram correndo. Teresa sentia que só na avenida, na confusão de carros e pessoas, estariam seguros. Correram o máximo que suas pernas aguentavam, Ana Maria presa à sua mão, Jotapê mais à frente. Entre divertimento e medo, Teresa imaginava a cara do Cavernoso ao vê-los fugindo e toda a sua raiva ao perceber que fora mais uma vez enganado. Dentro da sacola, dois jornais do dia e o bilhete – ideia de Mariana – a dizer: *Procure no jornal o tesouro. Se achar, ganhará um brinde. Babaca.*

Pararam.

– Todas bem? – perguntou Jotapê.

– Sim – responderam Ana e Teresa.

E só aí se deram conta de que eram apenas três.

Apenas três.

O Cavernoso e o Douglas tinham pegado Mariana. O pânico se instalou no coração dos três.

– Meu Deus, a Mariana! – Os olhos de Ana Maria se encheram de lágrimas: – E agora? – Olhava para os rostos dos amigos como a buscar uma resposta e só o que encontrava era o mesmo desespero. Estavam paralisados entre o desejo de retornar para salvar Mariana e o medo.

O medo.

– Temos que voltar – falou Teresa. Coração apreensivo, descompassado, mas certa de que era aquilo mesmo que deveriam fazer. Mais nada.

Voltaram.

A ideia de chamar um policial foi de Ana Maria. Não podiam retornar sozinhos. Os bandidos eram perigosos, gente da pior laia, e sua irmã, naquele momento, estava com eles. Com eles. Seu coração era apenas bater incontrolável. Como pudera ser tão covarde e fugir sem pegar a mão da irmã? Mas como iria adivinhar que a Mariana. *Droga*, balbuciou. E começou a rezar. Que mais podia?

Aproximaram-se do recanto oriental.

Nada.

Nem sinal do Cavernoso e do Cicatriz.

Nem sombra de Mariana.

O policial os olhou com repreensão. Disse que esse tipo de brincadeira não se faz, que ele tinha mais coisa para cuidar e que *da próxima vez levo vocês até o delegado. Entenderam?* Responderam que sim. Entendiam.

– Mas, seu policial, não é brincadeira não – disse Jotapê.

– Eles pegaram a minha irmã. É sério – falou Ana Maria entre lágrimas.

O homem se afastou, balançando a cabeça: *Adolescentes inventam cada uma.*

Eles ficaram.

Sentados aos pés do Buda.

A sacola vazia balançando levemente ao sabor de uma brisa na tarde quente.

– E agora? O que eu vou dizer para os meus pais quando chegar sem a Mariana em casa? Eu quero a minha irmã. Será que eles vão matar ela?

– Não – disse Teresa, mas sua voz não demonstrava certeza. Repetiu, talvez para convencer a si mesma: – Não.

Jotapê pediu seu celular. Conferiu o número do Cavernoso. Ligou.

Uma, duas, várias vezes chamou. Ninguém atendeu. Só a caixa postal.

Tentou novamente. Celular desligado ou fora da área. O Cavernoso não queria falar com eles. Não queria.

– Droga.

E o pior de tudo: Mariana estava com ele.

ARIOVALDO

Não podiam ficar parados ali, o resto da tarde. Não. E como a primeira etapa do plano fracassara, deviam passar para a segunda.

– É só o que nos resta agora – disse Teresa. – Vamos?

– E a Mariana? – perguntou Ana Maria. – Ela vai ficar lá com eles? Não pode.

– Vamos esperar que o Cavernoso faça contato. Enquanto a gente tiver o que ele deseja, acho que não vai fazer nada com a Mariana. E, depois, se a gente achar o Portinari antes dele, aí sim vamos conseguir libertar a Mariana. Não adianta nada a gente ficar aqui – falou Jotapê. – Agora é preciso racionalizar. Não adianta se desesperar.

– Você diz isso porque a irmã não é sua! – gritou Ana.

Teresa colocou o braço sobre seu ombro. Queria dar conforto à amiga, mas ela mesma estava desesperada, meio sem saber o que fazer. Afinal fora ela, e mais ninguém, a responsável por tudo aquilo estar acontecendo.

– E, depois – prosseguiu a Gêmea – se a gente tiver que entregar a tela pra ele, pra que tudo isso?

– Olha, Ana Maria, eu não sei, mas temos que seguir nosso plano. Rumo ao MARGS. Agora não tem como a gente voltar atrás. O Cavernoso deve estar furioso com a gente. Não vai deixar barato.

– Não. Não vai. – Ana Maria sabia. Agora só o encontro do valioso quadro, se é que ele continuava perdido, poderia devolver-lhe a irmã. Não que morresse de amor por Mariana. Era uma chata de galochas. E sem galochas também. Vivia atrapalhando sua vida, vivia a importunando, vivia brigando por todo e qualquer motivo. Mas era sua irmã. E, apesar de ser obrigada a dividir seu quarto com ela, a amava. *Droga, como é que a Mariana pôde ser tão atrapalhada e deixar aqueles homens pegarem ela?* Era tarde, no entanto, para chorar sobre o leite derramado. Mas que doía, ah, doía, saber que a irmã era refém daquele cretino, sem caráter.

– Vamos – disse. Tentava fazer-se forte. Tentava domar o desespero. Racionalizar, como aconselhara Jotapê.

Levantaram-se.

Correram para a Oswaldo Aranha. Atravessaram a movimentada avenida e entraram no primeiro ônibus que passou. Iam quietos. Os olhos a buscarem, no movimento do parque, algum sinal de Mariana. Ou dos bandidos.

Nada.

Haviam desaparecido feito fumaça.

Eram só preocupação. Afinal, sabiam que de suas próximas ações dependia a libertação de Mariana. Pobre Mariana.

O ônibus entrou no túnel, parou em frente à rodoviária. Teresa pensou que, de certa forma, voltava ao local onde tudo começara. E se o tempo retornasse, será que faria o que fez? *Sereia rainha, sereia rainha.* Na parada, observou um homem de terno marrom. Olhos nos olhos dela, brilho de revelação. Num movimento agitado, ele fez sinal para o ônibus que já arrancava.

Entrou.

Sentou-se num banco dianteiro, perto da porta.

Aqueles olhos. Onde antes Teresa havia visto olhos tão tristes?

– Será que a Mariana está bem, Teresa?

Teresa apenas apertou a mão da amiga. Queria acreditar que sim. Queria.

Chegaram ao centro, à confusão do centro da Capital, com seus camelôs. Gente a gritar ofertas. Gente a circular sem olhar para os lados. Gente apressada. E se Teresa olhasse para trás, veria que o homem que entrara no ônibus na rodoviária os seguia com o olhar. Desceu também.

– Vamos ficar juntos. Qualquer sinal do Cavernoso, alertem.

Concordaram com Jotapê. Seguiram em meio ao burburinho. Precisavam chegar ao MARGS. O quanto antes. Temiam que o museu fechasse e eles não pudessem completar ainda naquele dia a segunda etapa do plano.

A pressa e o medo de se perderem fez com que dessem as mãos. Teresa sentiu na sua a mão de Jotapê. Grande. Dedos fortes. Sentiu-se protegida, embora o coração fosse se tornando bateria de escola de samba. Será que a Isabela tinha razão? Mais uma vez recordou a pergunta que a amiga lhe fizera, enquanto andavam pelos morros de Torres. Isabela era tão diferente dela. Namorados, já tivera uns cinco. *Bah, Teresa, essa história de amor eterno é coisa de livro. Ou de filme.* Seria mesmo? Teresa duvidava.

Seguiram pela avenida de prédios altos, modernos, desviando de lotações e dos passantes em sua agitação costumeira. O centro da cidade era assim: profunda confusão. Uma confusão, todavia, que parecia se entender. Tinha lá a sua lógica. Ao longe, avistaram a Praça da Alfândega. Agora faltava pouco.

Enveredaram entre as bancas de artesãos: brincos, colares, sinos de pedras, camisetas com ídolos estampados. A maioria preta. Em outra ocasião, certamente seriam atenção redobrada. Experimentariam anéis, cordões, pulseiras.

Todavia.

Pararam.

O prédio grande, antigo, construído por um arquiteto alemão em 1913, pintado em amarelo, era o destino. Respiração ofegante, subiram os breves degraus, empurraram a porta de vidro e depararam com o balcão de madeira, curvo, entre as duas escadarias. Lá no alto, os gabirus de Xico Stockinger os espreitavam com seus olhos vazios. Aquelas esculturas do artista gaúcho sempre provocavam em Teresa uma sensação de solidão. Não sabia bem por quê.

Ali dentro, sentiram-se seguros. Soltaram as mãos. O calor da tarde ficara lá fora.

– Pois não? – perguntou o homem por detrás do balcão.

– Nós estamos procurando uma pessoa – falou Teresa.

– Aqui temos obras de arte. Pessoas são poucas – brincou o senhor.

– É o Ariovaldo. Não sei se ele ainda trabalha aqui. – Agora era Jotapê quem tomava a frente da investigação.

– Trabalha sim. Mas quem são vocês e o que querem com ele?

– Ah! – começou Teresa, relembrando o que tinham combinado antes de saírem de casa. – É que a gente está fazendo um trabalho escolar sobre um importante artista, o Portinari. Bom, e aí.

O homem a interrompeu.

– Acho que temos um probleminha, então.

Sorria, expressão de dúvida estampada no rosto. Passou a mão pelos cabelos brancos. Prosseguiu:

– Afinal, até onde eu sei, as aulas só começam a semana que vem, não?

Os três se olharam. Como puderam ser tão amadores? Trabalho escolar nas férias? Pode?

Pode.

– Ah, – sorriu Teresa – É que não é para o colégio não.

– Não?

– Não – prosseguiu a garota. – É que na verdade estamos fazendo um curso de férias, de pintura, sabe? E a professora pediu pra gente fazer uma visita ao MARGS. Tem quadro do Portinari aqui, não tem?

– Tem sim – disse o homem. Olhos atentos à menina. *Esperta essa garota*, pensou.

– Então – falou Ana Maria. – É isso. O senhor entendeu?

– Sim. Vocês querem ver o Portinari que temos aqui. Entendi. Tudo bem. Mas e o Ariovaldo?

Ana Maria olhou para Jotapê e Teresa. O que dizer agora?

– Olha, nós queremos falar com ele. Só para ele diremos o que queremos. Certo? – Jotapê falou firme. Estavam perdendo tempo demais.

– Certo – disse o senhor. – Então podem dizer o que querem. Eu sou o Ariovaldo. – Após, retirou do bolso a carteira, procurou a identidade. Mostrou-lhes: – E, antes que vocês duvidem, podem conferir.

Jotapê olhou a carteira. A foto era de um homem mais jovem, no entanto aquele senhor de cabelos brancos, sem sombra de dúvida, era o Ariovaldo. O porteiro do MARGS na ocasião do roubo do Portinari. Olhos no homem e a lembrança de sua foto no jornal amarelado: *Quando eu me deparei com aquele vazio na parede, achei estranho.* Era ele sim. O porteiro. Ainda o mesmo.

Teresa sorriu e foi logo dizendo que ficavam muito felizes de encontrá-lo ali.

– Na verdade, a gente só quer fazer umas perguntas ao senhor. Pode ser?

Ariovaldo balançou a cabeça afirmativamente.

– Podem. Mas essa história do curso de pintura é mentira, não?

Eles se olharam. Por algum motivo que desconheciam, acharam que podiam confiar naquele homem. Teresa confirmou:

– O senhor tem razão. A gente veio aqui por outro motivo.

– Me fazer umas perguntas, não? Então – sorriu –, podem fazer.

– Olha, seu Ariovaldo, é que, há quinze anos, houve um roubo de um quadro do Portinari aqui no museu. O senhor lembra?

– Claro, garota. Roubaram o *Menino sentado e carneiro*. Belo quadro.

O rosto de Teresa se iluminou. Perguntou:

– E o senhor lembra se acharam o quadro?

Ariovaldo coçou a cabeça. O que aquela garotada estava querendo ali? Dando uma de detetive? Naquela hora do dia, faltando pouco para o final do expediente, era bom ter com quem conversar. Sobretudo se fossem adolescentes curiosos.

– Olha, que eu saiba não. Lembro que, depois de uns dois dias do roubo, localizaram o ladrão. Era um pedreiro que estava trabalhando na reforma da Casa de Cultura Mario Quintana. O sacana veio aqui, roubou o quadro, sei lá eu como, e nunca mais ninguém ouviu falar do Portinari. Diz ele que entregou para um desconhecido que mandou ele roubar, pelo menos é o que saiu nos jornais da época. Tudo mentira. Eu mesmo o observei daqui deste balcão. Achei ele meio estranho, pensei que estava passando mal, ou qualquer coisa assim. Fui até a porta. Ele saiu caminhando, atravessou a praça em direção à Rua da Praia. Acho que foi para o trabalho lá na Casa de Cultura. Eu falei tudo isso pra polícia. Mas acho que ela não deu muita bola. Sabem, quando fico pensando que aquele homem passou por mim, com o Portinari escondido no corpo e eu, mesmo desconfiando, achando ele meio estranho, nervoso, sei lá, não fiz nada, deixei o homem sair, me dá uma raiva.

– Mas então, se é como o senhor diz e o Marcolino estava sozinho, ele deve ter inventado essa história pra que ninguém ficasse perguntando pra ele sobre o quadro. Só pode – falou Jotapê.

– Claro – disse Teresa. – Aí poderia ficar com o quadro só pra ele.

– É, mas se fez isso, não pôde ficar com o quadro. Pegaram ele e levaram direto para o xadrez. E o quadro? Sabe-se lá o que o infeliz fez com ele. – Ariovaldo parecia sentir prazer em falar daquele caso. Afinal, se não fosse aquele roubo, talvez nunca tivesse aparecido nos jornais. O ruim é que o homem foi logo preso. Acabaram as investigações e as entrevistas. *Mas, agora, tantos anos depois.*

— E a gente pode ver o Portinari que está exposto aqui? — perguntou Jotapê.

— Claro. Subam. Depois dobrem à direita. O tema dele é bem parecido com o que foi roubado: *O menino do papagaio*. Será que fazem parte de uma mesma coleção?

Teresa agradeceu, subiram. Quando já estavam no alto da escada, ouviram Ariovaldo comentar:

— Estranho. É a segunda vez que respondo perguntas sobre esse caso hoje.

— Como? — interrogou Teresa. — Quem mais veio aqui perguntar sobre o Portinari?

Ariovaldo ergueu os olhos para eles. Respondeu:

— Uma senhora. Bem falante. Loira.

— De vestido amarelo? — ousou Teresa.

— Sim. Loira e de vestido amarelo.

Os amigos se olharam. A mulher da rodoviária estivera ali. E antes deles. Teriam de ser rápidos.

A MULHER
DE AMARELO

– E a Mariana? – Foi a primeira pergunta de Ana Maria ao descerem as escadas. No andar de cima do MARGS, entre vários quadros, haviam encontrado *O menino do papagaio*. No primeiro plano, um menino sentado de pernas abertas montava uma pipa. Linda tela em sua predominância de tons de azul em contraste com a roupa do garoto: vermelho alaranjado de sol em final de dia. Pôr do sol de Porto Alegre. *É lindo*! exclamou Teresa, já entendendo o fascínio que fazia com que algumas pessoas, como o Cavernoso, desejassem ter um quadro assim só para si. Desejo, quase tentação, de também ela, assim como o Marcolino, colocar o quadro debaixo do braço e sair, meio fazendo-se de desentendida, porta afora, para nunca mais. Desejou ver o quadro roubado também: *Menino sentado e carneiro*. A reprodução nos jornais era muito pequena. E em preto e branco. Semelhanças pareciam ter: o menino, o animal. Se um tinha o carneiro; este que viam, embasbacados pelas cores, trazia, atrás do menino, olhos observadores, um burrico meio azul, meio cinza. Quando retornassem para casa, iria procurar na internet, alguma reprodução da tela roubada. Causaria nela a mesma força que o quadro do menino em seu fazer de papagaio?

Agora saíam para a praça. O céu começava a perder seus tons de azul. Logo seria noite. Entendia a preocupação de Ana Maria. Consultou o celular, o Cavernoso seguia em seu silêncio. O que pretendia? Meter medo neles? Por que não ligava logo e os enchia de ameaças para que lhe dessem os jornais e o bilhete em troca de Mariana?

— Vamos tentar novo contato com o Cavernoso — disse Jotapê. Ele também apreensivo com a sorte de Mariana. Porém, não podia demonstrar. Tinha que ser forte. Senão.

Sentaram-se num dos bancos. Mochila largada aos pés. A praça seguia em seu movimento de pessoas, agora mais agitado. Era hora de retornos. A terça-feira chegava ao fim.

Telefone desligado.

Jotapê fez uma expressão preocupada. O único fio de contato com aquele homem era o número do celular. Mais nada. E ele não estava querendo que eles o encontrassem. Por quê?

— Olha, Ana Maria — Teresa começou a falar. Porém, passos que se aproximavam fizeram com que ela desviasse sua atenção para os sapatos de salto alto que pararam na frente deles. Ergueu os olhos, sabendo quem estaria ali, sorriso de surpresa nos olhos:

– Eu nem acredito – disse a mulher de amarelo. – Mas é a menina da rodoviária.

Jotapê se ergueu. Tinha diante de si a mulher com a qual todo o mistério iniciara. Os óculos escuros encobriam parte de seu rosto. A boca carnuda, pintada de vermelho, lhes sorria amável. A mulher sentou-se no lugar que ele desocupara, retirou os óculos, deixando aparecer uns olhos cor-de-mel. Brilho malicioso no olhar.

– Como você é cortês. Um cavalheiro. Vocês têm sorte, meninas, de ter um amigo assim, tão amável. Os homens, pelo menos os que conheço, não têm esses dotes. Jamais cedem lugar para uma dama ou são capazes de abrir a porta do carro. São uns brutos. – Havia ironia em sua voz.

– O que o seu chefe quer com a gente? – perguntou Teresa.

A mulher pareceu não entender a pergunta, mas não disse nada. Olhava-os como se medisse o que eles sabiam daquela trama toda do Portinari roubado. Por fim, falou:

– Não sei de que chefe você está falando, minha querida. Só o que sei é que você se passou por quem não é e pegou algo que não lhe pertence. Pensou o quê? Que ia sair numa boa disto tudo? Você mexeu com um cara do mal. – Depois, sorriu: – Mas saiba que eu adorei. Ele fica se achando o cara, pois bem, foi enganado por uma garota recém saída das fraldas. E está muito brabo. Muito mesmo.

– Ele pegou a minha irmã – falou a Gêmea. – Nós a queremos de volta. Por favor, eu quero a Mariana de volta. Diz pra ele que a gente devolve os jornais. Agora, de verdade.

— E que nós não temos medo dele – disse Jotapê.

— Além de amável, rapazinho, você também é bem corajoso. Gostei. – Abriu a bolsa, retirou um cigarro. As palavras de Ana Maria pouca importância tendo para ela: – Se importam?

— Sem esperar resposta, acendeu-o. Deu uma tragada funda, soltou a fumaça pelo nariz: – Olha, eu se fosse vocês teria medo sim. Ele é bastante vingativo. E cruel. Tem um amiguinho terrível.

— O da cicatriz? – perguntou Ana Maria. – Ai, Meu Deus, e a Mariana?

— Ah, vocês já o conhecem? É, ele mesmo. Maldoso como ele só.

Ana Maria sentiu um arrepio percorrer seu corpo. Mariana estava nas mãos de dois bandidos terríveis, e ela não podia fazer nada. Ou será que podia? Respirou fundo, não queria ceder ao desespero.

— Eu nada tenho a ver com eles. Minha função era entregar a pasta para uma jovem que a pegaria no banheiro da rodoviária. E entreguei. Só me dei conta que havia entregue para a pessoa errada, quando ele me ligou, furioso. Mas como eu já tinha recebido a minha grana, boa grana, e você tinha dado a senha correta, estava inocente nesta história.

— E por que você veio até o MARGS atrás do quadro do Portinari, então? – interrogou Teresa. Aquela história não fechava. Se ela não era cúmplice do Cavernoso, o que estava fazendo por ali?

– Ah, vocês estão bem informados, hein? É que resolvi lucrar dobrado. Fiz cópia do bilhete e dos jornais, antes de entregá-los a você. E devo ter chegado à mesma conclusão que vocês, senão não estaríamos todos aqui agora, não? Se eu localizar o quadro antes do Max, posso vendê-lo.

– Quem é esse tal de Max?

A mulher avaliou Jotapê com os olhos. Soprou a fumaça. *Bonito rapaz*, pensou, *muito bonito*. Olhos profundos e negros, o *piercing*, a boca de lábios grossos. Era um garoto pelo qual valia a pena fazer uma bobagem, pensou Eveline. Teria o quê? Uns 15 anos. Cinco a mais que seu filho. Jotapê era quase um homem.

– Por que eu deveria dizer a vocês?

– Por que você está bem a fim de enganar o tal do Max. E nós estamos querendo achar ele. Precisamos salvar a Mariana.

– Você está propondo um pacto? É isso? – Os olhos da mulher seguiam presos no rosto de Jotapê. Ele sustentava seu olhar. Disse firme:

– Isso mesmo. A gente ajuda você a encontrar o Portinari, e você nos ajuda a libertar a Mariana. Lucrativo para os dois lados.

Era bonito aquele garoto. Muito bonito. E trazia nos olhos uma certeza do que dizia. De fato, o menino tinha razão. E que pena, pensou Eveline, ele ser tão jovem. Sorriu.

– Acho que você tem razão.

Estendeu a mão. Jotapê a apertou.

– Um por todos – ela disse.

– Todos por um – completou Jotapê. Na mente, a imagem dos mosqueteiros do rei sempre em luta para evitar que Richelieu tomasse o poder. Leu o livro, viu o filme. Não teve como não comparar a mulher de amarelo com Milady. Temeu cair em suas garras. Teria de ser mais ardiloso que ela. Mão ainda na sua.

– Perfeito. Mas, olha só, nem nos apresentamos. Eu sou a Eveline. E vocês?

Os amigos foram, um a um, dizendo seus nomes. Teresa não se agradava daquele pacto. Não sabia ao certo o que Jotapê pretendia. Ela, todavia, caso encontrassem o quadro, odiaria ter de entregá-lo para aquela sirigaita que não se dava ao respeito. Tinha idade para ser mãe do Jotapê, e, no entanto. *Que raiva. E ele todo bobo.*

Eveline acendeu outro cigarro. E começou a lhes decifrar parte do mistério. Conheceriam, caso a mulher não fosse uma rede de mentiras, a identidade de seus inimigos.

As luzes da praça, apesar de dia ainda, começaram a se acender aos poucos. Um velho recolhia garrafas vazias e latas de refrigerante das lixeiras espalhadas pela praça. Eram 19 horas. Horário de verão.

ALGUMAS REVELAÇÕES

"Sempre fui uma garota romântica, dessas que se apaixonam e acham que amor é coisa pra toda a vida. Eu conheci o Miguel numa festa de Nossa Senhora dos Navegantes. Este mês, dia 2, fez oito anos. Até me separei por causa dele. Se bem que o meu marido não era grande coisa. Minha mãe adorava passar o dia lá na igreja, a gente comia melancia, rezava pra santa, via a ponte se erguendo para o barco da santinha passar por baixo e a chuva de confetes. Ah, tudo muito lindo. Minha mãe sempre foi devota da padroeira de Porto Alegre. Vocês já foram à festa? Crianças vestidas de anjinhos. Coisa mais linda. Pois foi num dia assim que eu conheci o Miguel. Era um dos marinheiros que carregava o andor da Nossa Senhora. Lindo, braços fortes, tatuagem de dragão no peito. O problema é que só tinha nome de anjo. Andou se envolvendo em contrabando e acabou preso. Está preso até hoje."

– Tá, mas e o que isso tem a ver com o Cavernoso?
– Cavernoso? – perguntou Eveline.
– O Max – explicou Jotapê.
– Ah, calma, já chego nele.

"Bom, meu amado preso, pegou uma pena de vinte anos, eu fiquei desesperada. Chorava dias e noites, mas depois resolvi não abandonar ele. Visito o Miguel uma vez por semana, não falto nunca. Foi lá no pátio do presídio, uma tarde, que ele me apresentou um colega de cela. O Marco."

– O autor do bilhete – exclamou Ana Maria.
– Ele mesmo. Homem franzino, meio tuberculoso. Todo errado.

"O Miguel disse que o Marco ia precisar de um favorzinho meu. Levar uma pasta com uns jornais e entregar para o seu filho, que ele não via desde que tinha sido preso por causa de um roubo. Eu disse que se fossem só papéis mesmo levava, mas que não viesse com esse papo de drogas ou armas. Tava fora. Não sou santa, sabem, mas arriscar a ficar atrás das grades por bobagem, nem pensar. Tenho um filho pra criar. O homem garantiu que eram apenas jornais antigos, da época em que foi preso, e um bilhete para o filho dele. Fui até a cela, ele me mostrou o que tinha na pasta e eu aceitei a tarefa. Levei a pasta pra casa e pensei em anunciar em alguma rádio ou botar nos classificados um recado pra achar o filho do homem. Eu só sabia o nome: Jorge Qualquer-Coisa Pereira. Difícil tarefa, não? Só que o Marco disse que não estava com a saúde boa e que eu só procurasse o filho dele quando ele morresse. Guardei a pasta num armário lá em casa e esqueci."

– E o Marco? – Era Teresa.
Eveline olhou para cima, deu leve assopro com os lábios:
– Subiu.
– Morreu? – interrogou Jotapê, desejo de confirmação.
– Morreu. Tava tuberculoso o coitado. Mas acho que morreu mesmo foi de tristeza. Nunca vi um homem tão triste quanto o Marco. Coitado.

"Só que ao morrer ele confessou para o Miguel que tinha um tesouro escondido. E que esse tesouro era a única coisa que ia deixar para o filho. Queria que o rapaz estudasse. Enfim, essas coisas que todo o pai quer para o seu filho, sabem? Pois é. Bom, o Miguel ficou atiçado. Imagina, um tesouro. Ficou imaginando tirar o pé do barro e até, quem sabe, pagar uma fuga da prisão. Então, ele se lembrou da pasta e pediu pra eu dar uma olhada, ver se havia alguma pista do tesouro. Quando eu li o bilhete, fiquei louca. Havia mesmo um tesouro. Mas como a gente iria achar, se o Marco já tinha morrido? O Miguel revirou a cela atrás de algum mapa. Nada. Não havia qualquer indício de mapa."

– Porque o tesouro era o Portinari.

Eveline olhou para Teresa. Não tinha dúvidas da esperteza daquela garota. Com certeza, ao lado dela, chegaria ao esconderijo do quadro.

— Isso mesmo. Lendo as notícias, eu e Miguel chegamos a essa conclusão. E, depois, tinha as estrelas de caneta também.

"A pedido do Miguel, levei a pasta até o presídio. Encontramos as pistas e descobrimos o segredo: o tesouro era a tela roubada. Ora, então o Marco tinha mentido para a polícia. Ele tinha roubado o Portinari sozinho. E só ele sabia onde o quadro estava escondido. A gente quebrou a cabeça, mas não descobrirmos nada. As pistas que ele deixou eram poucas. Aí desistimos. Até que o Miguel ficou sabendo lá na cadeia que havia um detetive particular que era receptador de quadros roubados. Um tal de Maximiliano Kalil."

— O Cavernoso! — gritou Ana Maria.
— Fala baixo — pediu Jotapê, olhos no velho que recolhia latas. Estava perto, podia ouvi-los.
— O Cavernoso, esse tal de Max, é um detetive? — perguntou Teresa.

Eveline balançou a cabeça afirmativamente. Disse:
— Detetive e corrupto.

"Quando eu telefonei para o Max e falei da pasta, ele ficou enlouquecido. Fiz nosso preço. Ele concordou. Mas, como é muito cauteloso, e a Interpol anda na caça dele, criamos o esquema da rodoviária. A senha e tudo o mais. Ele depositou a quantia na minha conta e eu entreguei a pasta. Só que a Teresa se meteu e tudo degringolou".

– Quem se meteu foi ele que me mandou um recado. Azar. Quem mandou não prestar atenção no que estava fazendo? Eveline riu.

– Eu adoraria ver a cara dele, quando soube do erro. Sem dinheiro e sem as pistas para achar o quadro. Deve estar furioso com vocês, eu não gostaria de estar na pele da mocinha que ele capturou.

Silêncio.

A certeza de que Mariana ainda estava nas mãos do Cavernoso os fez tremer.

– Onde o Cavernoso mora? – Jotapê tinha certeza de que naquele momento a melhor arma seria o ataque. Se pegassem o tal do Max desprevenido, poderiam ter uma chance de libertar Mariana. Algo rápido, como foi na Redenção. Algo de surpresa.

– Olha, Jotapê, cuidado, o homem é perigoso mesmo. Mas se quiserem arriscar, não estamos longe dele não.

– Não? – Ana Maria olhou-a, perplexa.

– O escritório dele é na Rua da Praia. No edifício Santa Cruz. Sabem onde fica?

– Claro, é o maior edifício da Rua da Praia – disse Jotapê.

– Então. Possivelmente a amiguinha de vocês deve estar lá. Mas eu não iria assim, de mãos abanando. E nem pensem em chamar a polícia, o Max tem as costas quentes. Bem quentes.

– E o que a gente faz, então? – perguntou Ana Maria.

Silêncio. Em alguns momentos, o silêncio se fazia necessário. Eram muitas as revelações feitas por aquela mulher na qual eles nem sabiam se podiam ou não confiar. E se ela fosse uma cúmplice do Cavernoso, apenas a querer que eles entrassem na toca do lobo? No território do Max, dentro de suas fronteiras, estariam perdidos.

O que fazer?

Jotapê observou que o MARGS fechava as portas. Ariovaldo saiu, vagaroso, em direção ao terminal dos ônibus. Sentado no chão, o velho catador amassava com uma pedra as latas que recolhera, a fim de tornar o fardo menor para carregar.

Teve uma ideia.

– Olha, vocês esperam aqui, eu vou lá correndo, só para tentar ver se a Mariana está bem. Se eu não voltar em meia hora, vocês...

– Nós? – Teresa o olhava, aflita.

– Ah, sei lá, vocês inventam alguma coisa. – Fez uma pausa. – Eu vou lá.

Jotapê tinha a coragem dos grandes heróis dos livros que Teresa devorava. Corajoso e inteligente. Temeu que algo pudesse lhe acontecer. Afinal, não eram personagens de livro. Não eram seres de papel, mas gente de carne e osso. Gente de verdade.

Não.

Não podia concordar que Jotapê fosse só. Estavam juntos naquilo. Ela é que o envolvera naquela loucura toda.

E agora?

Não. Ele ir só, nem pensar. Iria com ele. Sim.

– Você não vai, Teresa – disse o garoto. – Eu vou e volto. Pode acreditar.

A promessa de retorno era tão verdadeira que Teresa acreditou. – Qual o andar do escritório do Cavernoso? – perguntou para Eveline.

– Entre no elevador e observe o andar inexistente. É o dele.

– Como assim?

– No mostrador dos andares, falta o número de um andar. Você desce um antes e sobe. Entendeu?

O Max era mesmo cheio de ardis. Nem o número do andar constava no elevador. Homem precavido. Inimigo poderoso.

Jotapê sorriu e afastou-se em direção à Rua da Praia. Ouviu, atrás de si, o pedido de Teresa: *Cuidado com o Cavernoso*. E o riso de Eveline: *Adorei esse nome: Cavernoso. Tem tudo a ver com o Max. Amei.*

NO ESCONDERIJO DO MAX

Jotapê atravessou a praça, que começava a receber seus habitantes noturnos. Um ou outro artesão encerrava suas atividades, os bares da Rua da Praia, naquele trecho da Praça da Alfândega em direção ao Gasômetro, recebiam homens e mulheres para um chope e umas batatas fritas. Uma leve brisa, vinda do lado do cais do porto, refrescava aquele princípio de noite.

Na Rua da Praia, seguiu firme em direção ao edifício. Max seria mesmo aquilo que Eveline dissera? Tudo indicava que sim. Percebera nos olhos daquela mulher muita cobiça e uma certa raiva do Max. Enganá-lo parecia lhe dar muito prazer.

Parou na frente do prédio.

Hesitou por um momento.

Mas não podia. Qualquer demora poderia colocar as amigas que esperavam na praça em pânico.

Entrou.

Na Praça da Alfândega, Eveline acendeu mais um cigarro. Parecia meio apreensiva, pensou Teresa. Assim como, com certeza, também estavam ela e Ana Maria. Temeria ela também por Jotapê? Teresa não conseguiu deixar de sentir ciúme daquela mulher. Era experiente, tinha, como diria sua mãe, muitos quilômetros rodados. Sabia dessas coisas de sedução muito mais do que Teresa.

– Será que o Jotapê vai conseguir saber sobre a Mariana?
– Ana Maria cochichou.
– Vai sim. Claro que vai. – disse Teresa, embora sentisse que o tom de sua voz não revelava a mesma convicção do que dizia.

Ah, se alguma coisa acontece com o Jotapê, nem sei o que faço.

O elevador abriu suas portas. Várias pessoas saíram falando alto. A saída da caixa metálica como a acionar um botão que lhes concedia liberdade para ganhar a rua, a noite, a palavra.

A ascensorista também saiu.

Jotapê ficou sozinho dentro do elevador. Olhou para o mostrador. Não havia botão para o andar 19. O escritório do Cavernoso. Com certeza.

A porta do elevador fechou-se.

Jotapê apertou o botão 18.

O velho das latas permanecia sentado nas escadas do MARGS. Mexia e remexia no saco, como se ainda fosse possível ajeitá-lo de melhor forma. Elas permaneciam quietas.

Eveline cantarolava uma música qualquer e, vez que outra, virava a cabeça em direção à Rua da Praia.

Teresa pegou o celular. Redigiu uma mensagem: *E aí, tudo bem?*

Não demorou muito, recebeu a resposta: *Tudo. Tô no elevador.*

A porta do elevador abriu-se para um corredor escuro. Com certeza, o 18º andar estava vazio. Procurou o interruptor e, tão logo a claridade invadiu seus olhos, viu a porta corta-fogo indicando a saída. Era por ali o caminho para chegar até o Max.

Foi.

Passos cuidadosos na escada. Temia que alguém aparecesse. Desligou o celular, qualquer ruído, naquele silêncio de prédio em final de expediente, poderia denunciar sua presença. Não queria.

Chegou ao 19º andar.

Empurrou a porta de leve. Havia luz em apenas uma das salas, que estava com a porta aberta.

Jotapê parou. Temeu avançar.

– Quanto tempo já passou? – perguntou Eveline.

Teresa consultou o relógio do celular: – Quinze minutos.

A mulher de amarelo não disse nada.

Será?

Sim, se viera até ali, deveria avançar.

— Vocês têm sorte de ter um amigo assim tão corajoso — falou Eveline. — E bonito.

Ana Maria e Teresa se olharam e, mesmo que não dissessem palavras, perceberam o que cada uma pensava sobre o que Eveline dissera. Teriam de proteger o amigo daquela mulher. Sem dúvida alguma.

E o desejo de se afastar de Eveline tomou tanta força em Teresa que ela se levantou do banco. Não conseguia mais ficar ali parada, enquanto o amigo, naquele momento, podia estar enfrentando perigos. O coração se apertou.

Queria tanto que Jotapê estivesse ali.

— Onde você vai? — interrogou Ana Maria.

— Só esticar as pernas um pouquinho.

Afastou-se do banco. Sua atenção desviada para o velho das latas. Cabeça baixa, quase enfiada no saco, como se quisesse esconder-se dela.

Seus passos eram dados com cuidado, sobretudo porque Jotapê ouvira uma voz forte, raivosa. Era o Cavernoso, certamente. Tentou ouvir o que dizia. Não conseguiu. Teria de se aproximar mais.

Seguiu.

A luz que vinha da sala já tocando a ponta de seu tênis.

Escutou.

Em uma cesta de lixo, Teresa viu uma lata de guaraná, que, talvez, tivesse passado despercebida pelo velho. Juntou-a e se dirigiu a ele.

– Senhor, ó, uma latinha.

Mão estendida. Lata na mão do velho, que grunhiu um obrigado. Cabeça baixa, escondida por um chapéu roto.

Jotapê encostou-se na parede e, aos seus ouvidos, chegaram os movimentos agitados de Max e suas palavras de indignação. Xingava alguém, dizia que tudo tinha acontecido por causa dela. Se tivesse dado o número certo para ele, nada daquilo estaria acontecendo.

– Desculpa.

Voz de mulher, chorosa.

– Eu me enganei, Max. Foi sem querer.

E aí, a explosão do Cavernoso:

– É óbvio que foi sem querer, Nat. Porque se eu desconfiasse, escuta bem, se eu apenas desconfiasse que foi por querer, tu não tava apenas com essas marquinhas nos braços. Tu tava era boiando no Guaíba. Ouviu?

– Ouvi, Max, ouvi.

– Desgraçada. Idiota. E vê se cala essa tua boca, para de choramingar, antes que eu te dê um corretivo maior.

Bateu forte com o punho na mesa.

Pausa.

Apenas os passos fortes do Cavernoso caminhando de um lado para o outro. Depois, nova explosão:

– E esse imbecil do Douglas que não aparece.

Jotapê aproximou-se mais da porta. Precisava olhar para dentro. Queria saber se Mariana estava ali.

Espiou, cauteloso.

– O senhor trabalha sempre por aqui? – perguntou Teresa.

O homem, mãos enfiadas no saco, disse que sim. Ali e em qualquer outro lugar do centro.

– Mas a coleta foi pouca hoje, hein? Nem a metade do saco está cheia.

– Eu já vou indo, já vou indo. – Foi o velho falando, erguendo saco e corpo. E, por um breve momento, seus olhos tocaram os olhos de Teresa.

O coração da garota bateu forte. Era ele: o homem dos olhos tristes.

Viu.

De costas para a porta, uma mulher de cabelos amarrados em um rabo de cavalo tinha a cabeça deitada sobre a mesa. Parecia chorar. Além da mesa, algumas poltronas, um armário fechado e uma estante repleta de livros encadernados em capa dura. A maioria vermelha. Na parede fronteira à porta, um grande armário de portas de vidro tinha dentro e sobre si várias esculturas em metal, santos esculpidos em madeira, objetos de cristal. Escorados nas paredes, encontravam-se várias telas emolduradas.

Não viu o Cavernoso. Apenas ouviu o discar de um telefone. Depois sua voz:

– Alô, onde tu anda, Douglas? Tá pensando o quê? Vem logo, preciso sair. Não quero deixar a garota sozinha com a Nat. Ok, ok. Rápido.

A garota sozinha com a Nat. A garota. A Mariana. Ela está mesmo aqui. A Eveline tinha razão.

Teresa ficou imóvel, embora fosse desejo de revelação maior: quem era aquele homem de olhos tristes que a perseguia? Lembrou-se do mendigo na porta do banheiro feminino para quem, inclusive, dissera a senha. Lembrou-se do homem de terno marrom na parada da rodoviária. E, agora, o velho das latas. Todos com os mesmos olhos de tristeza estampados no rosto, todos a mesma pessoa. Tinha certeza disto. Absoluta.

Quem era ele, afinal? O que queria?

Jotapê precisava ver Mariana, precisava saber se ela estava bem. Mas, no escritório, era só silêncio. Vez em quando interrompido por um choramingo sentido da Nat. O garoto ousou, após ouvir passos pesados que se afastavam. Colocou meio corpo para dentro da sala. O Cavernoso não estava ali, apenas a mulher, de costas, cabeça ainda debruçada sobre a mesa.

Olhou. Além das janelas, à esquerda, viu duas portas. Uma talvez fosse o banheiro. A outra devia guardar Mariana.

E se arriscasse?

E se corresse até a porta e libertasse Mariana? Sairiam correndo, tão rapidamente, que a tal da Nat nem se daria conta do que estava acontecendo.

Mas havia um problema: qual das portas seria a correta? E se entrasse naquela onde estava o Cavernoso? Aliás, ele poderia, inclusive, estar com a Mariana naquele momento.

Não. Nenhuma voz era ouvida. O Max devia ter ido ao banheiro.

Mariana sozinha. Sim, a amiga devia estar só. Bastava que corresse. Ou, quem sabe poderia acertar a cabeça da mulher com o objeto. Desmaio na certa.

Ou morte.

A possibilidade de se tornar um assassino impediu sua ação. Não. O melhor era mesmo invadir a sala, soltar Mariana e descer correndo as escadas. Dezenove andares era muito. Mas, se não se desesperassem, conseguiriam.

Era isso.

Porém, quando Jotapê decidiu pôr em prática o plano, a porta corta-fogo, que isolava as escadas no fundo do corredor, abriu-se.

Era o Douglas Cicatriz.

A única saída para Jotapê era entrar no escritório.

Foi o que fez.

UM ABRAÇO E NOVO TELEFONEMA

– Onde tá o chefe?

Nat virou-se. Douglas, com sua cicatriz a dividir rosto e lábios, algo que provocava profundo pavor nela, estava parado na entrada. A mulher fez um sinal com o dedo indicando a porta da esquerda. Douglas retirou a arma da cintura, largou-a sobre a mesa, e dirigiu-se para a porta. Sua intenção, todavia, foi interrompida: o Cavernoso abriu-a e saiu, afivelando o cinto. No rosto, uma expressão irritada.

– Por que a demora?

Douglas grunhiu algo semelhante a *muita gente, chefe*, voltou-se, retirou três sanduíches e três latas de refrigerante da mochila.

– Eu tenho que sair, dar uma voltas, coisas importantes. Fiquem com a garota. – Depois, dirigindo-se à Nat, pediu que levasse um lanche para Mariana. – A guria deve estar com fome.

Terminou de prender a calça, vestiu o paletó laranja-ferrugem que descansava no encosto de uma cadeira, alinhou-se diante de um espelho pequeno, passou as mãos pelos cabelos.

Nat se aproximou, alisou a gola do paletó como se quisesse retirar alguma sujeira, sorriu:

– Você tá lindo, Max. Como sempre.

O Cavernoso sorriu, apertou o queixo da mulher, fazendo com que ela soltasse um pequeno grito de dor: – Tá pensando que vai me amolecer, é? Ainda estou muito brabo contigo, Nat. Muito brabo. E anda, faz o que te mandei. Leva a comida pra guria.

Nat afastou-se, mãos alisando o queixo em tentativa de diminuição de dor. Pegou o lanche, o refrigerante, e desapareceu atrás da outra porta.

– Cuida dessa daí. Não confio nela – recomendou para o Douglas, que, sentado à mesa, comia seu lanche. Pedaços do sanduíche caindo na mesa. – E agora, acho que já é hora de ligar meu celular. Aqueles babacas já devem estar apavorados.

Sorriu.

Ligou o aparelho.

– Acho que vou mandar uma mensagem pra indiazinha. O que tu acha, Douglas?

O outro balançou a cabeça. Era afirmação. Sorriu também. Adoraria ter aquela menina metida em suas mãos. Ela se arrependeria de ter tentado fazer seu chefe de bobo. Ah, se arrependeria. Era só ele ter licença para dar um susto nela.

– Vou indo. E muito cuidado, hein?

O Cavernoso, pisadas fortes, saiu da sala. Douglas se levantou, foi até a porta por onde Nat havia entrado e pareceu satisfeito com o que viu. Disse qualquer coisa para ela, depois retornou ao seu lanche. Pedaços de pão e gotas de refrigerante escapavam de sua boca, pelo vão que a cicatriz provocava nos lábios. Babava-se, passava a mão na tentativa de limpeza. Comia com gula.

De seu esconderijo, ao lado de uma estante, meio escondido pela porta do corredor, que continuava aberta, Jotapê viu e ouviu tudo. Seu coração era cavalo disparado em campo aberto. Qualquer deslize, e aquele bandido o descobriria ali.

Teria que ir embora.

Teria que aproveitar a distração do Cicatriz com o lanche. O capanga estava de costas. Toda a atenção para a comida e a porta que guardava a prisioneira.

Era sua única chance.

Mariana teria de esperar momento mais oportuno. Nada de riscos demasiados. Dos males o menor: sabia que ela estava bem, sabia que os bandidos a estavam tratando na boa.

Pelo menos, por enquanto.

Respirou fundo. Guardou ar nos pulmões e movimentou-se com vagar.

Se a Nat resolvesse retornar ao escritório, estaria perdido. Ela o veria ali, movimentos em câmera lenta, pé ante pé, em direção à saída.

Douglas moveu-se de leve.

Será?

Não. Apenas coçar de cabeça.

Jotapê seguiu. Ao sair para o corredor, caminhou com cuidado. Seus passos poderiam despertar a atenção do outro.

Só quando atingiu o limiar da porta que conduzia às escadas, foi que correu. Correu como talvez nunca antes tivesse corrido em sua vida.

Correu. Cada degrau era um obstáculo a menos a separá-lo da rua, a levá-lo ao encontro das amigas, ao encontro de Teresa.

Parou ofegante no vão entre algum andar e outro. Perdera a noção de quantos andares já vencera. Eram dezenove. Onde estaria? Ligou o celular. Teresa podia querer falar com ele. Respirou fundo e começou a descer mais calmo. Entretanto, só se sentiu mais aliviado quando a Rua da Praia o acolheu.

Agora faltava pouco para rever Teresa.

Desandou a correr, novamente. Atravessou a Praça da Alfândega, sem se preocupar com os olhares curiosos que não entendiam tamanha pressa.

Ao longe, avistou Teresa.

A amiga correu ao seu encontro. Abraçaram-se, como se fosse a primeira vez. Havia alívio e desejo de proteção naquele abraço.

Olharam-se.

Sorriram.

No entanto, a voz arrastada de Eveline os trouxe para a realidade.

– Nossa, que cena romântica.

Teresa pensou em dizer qualquer coisa. Mas não. Apenas afastou-se dos braços de Jotapê. Em seus olhos, a interrogação que Ana Maria expôs:

– E a Mariana?

– Está bem – disse ele.

– Bem mesmo?

Jotapê confirmou com a cabeça e viu que Ana Maria ficou mais aliviada. Depois, começou a narrar sua aventura no escritório do Cavernoso, ante olhares de surpresa e uma ou outra exclamação.

– Você não recebeu nenhum torpedo do Cavernoso? – perguntou para Teresa.

– Não – respondeu. Após, para maior comprovação, pegou o celular e conferiu. Não, o Cavernoso não havia enviado nenhum recado.

– Ele disse que ia mandar.

– E agora? – interrogou Ana Maria.

– Acho que vamos ter que esperar – falou. – Não há mais nada que possamos fazer. Acho que o Cavernoso, mais cedo ou mais tarde, fará contato.

Esperar, esperar. Até quando? Aquela trama que se iniciara por volta do meio-dia parecia já fazer parte da vida deles há anos. Tantas descobertas em tão pouco tempo. Nem ela

sabendo a falta que Jotapê tinha lhe feito durante os dias que passara em Torres. Bastava olhá-lo assim, tão perto, tão seguro, para descobrir o que sempre estivera escondido dentro de si. E que não queria revelar para ninguém.

Pelo menos, naquele momento.

Lembrou-se da pergunta de Isabela, enquanto passeavam pelos morros do Parque da Guarita, o mar explodindo nas pedras lá embaixo, vento forte nos cabelos: *E você gosta de quem, Teresa? É do Jotapê, né?* E ela, coração fora do compasso, sem entender a interrogação da amiga, mas recordando os olhos negros, o *piercing* na sobrancelha, o sorriso. Jotapê se formando inteiro em sua memória. A saudade. E, mais para convencer a si mesma do que Isabela, disse, quase grito: *Tá louca? Nós somos só amigos. Nada a ver.* Isabela riu: *Mas você olha ele com uns olhos.*

– Nada a ver. – Que mais poderia ter dito naquele momento, olhos sobre o mar de Torres?

Jotapê. Os olhos do Jotapê.

Tudo acontecendo num só dia.

E ainda havia a descoberta do homem de olhar triste. Queria partilhar mais aquela descoberta com Jotapê e Ana Maria. Mas não na frente da Eveline. Não confiava naquela mulher, embora acreditasse que ainda precisavam dela. Não podiam dispensar um aliado. Mesmo que ele fosse a mulher de amarelo.

– Nós temos que voltar pra casa. Já é tarde – falou Teresa, sentindo os olhos de Ana Maria, aflitos, sobre os seus. A irmã, sabia ela, teria que passar a noite no escritório do Cavernoso. Não havia outra saída.

– Discordo. – Era Eveline quem falava. – Acho melhor a gente não se separar. Afinal, somos aliados, não? Temos um pacto.

– Mas e nossos pais?

– Inventem qualquer coisa. Façam assim: cada um liga e diz que vai dormir na casa do outro. Sem problema. Aí temos a noite para analisarmos mais uma vez os jornais e o bilhete. Tenho quase certeza de que a resposta para o esconderijo do quadro está neles, senão o Marco não os teria guardado para o filho. Concordam? Tenho um computador lá em casa. Quer dizer, meu filho tem. O Lucas é mais novinho que vocês. Tá passando as férias com o pai dele. Aí, vocês podem entrar nessas coisas de internet e ver se descobrem algo mais. Que tal?

Teresa concordava com o raciocínio da mulher, todavia não se sentia à vontade para passar uma noite ao lado de Eveline. Queria mesmo era ver-se livre dela. E o mais rápido possível.

– E então, vamos ficar juntos?

Ela e Ana Maria olharam para Jotapê. Ele lhes sorriu.

– Acho que você tem razão – disse.

– Então vamos. Meu carro está aqui perto.

Os últimos claros do dia haviam desaparecido. Terça-feira era noite. E eles seguiam com Eveline sem saber direito para onde. Jotapê segurou a mão de Teresa. Depois, pegou a de Ana Maria.

Seguiram de mãos dadas e apenas as soltaram ao chegarem ao carro: um Passat esverdeado, pintura riscada, estofamentos puídos. A mulher sentou-se à direção. Ligou o rádio. Uma daquelas tantas músicas bregas que poluem o verão invadiu o ambiente. Jotapê ocupou o banco dianteiro, Ana e Teresa sentaram-se atrás.

Eveline deu a partida.

– Antes vamos fazer um lanche. Que acham? – Eveline parecia divertir-se com tudo aquilo. Olhos dissimulados. De cigana, fixos em Jotapê.

No preciso instante em que o carro arrancou, Teresa sentiu seu celular vibrar. Antes de atender, sussurrou para os amigos: – É o Cavernoso.

– Alô – disse.

– Oi, indiazinha. Tudo bem? Que feio o que fizeram na Redenção, hein? Mais feio ainda foi terem deixado a amiguinha pra trás. Ela ficou tão tristinha com vocês.

Jotapê voltou-se. Eveline observava tudo pelo espelho.

– Nós não abandonamos a Mariana.

O Cavernoso riu. Riso de deboche.

– Eu já andava com saudades de vocês. Tentaram fazer contato comigo? Deduzo que sim. Mas é que, infelizmente, tive que deixar meu celular desligado. Mas não se preocupem, a amiguinha de vocês, Mariana, né?, tá bem. Pelo menos, por enquanto. – Nova risada. – E, é claro, se vocês não aprontarem outra. Fiquei por demais bravo. Por demais. Mas já passou. Já passou.

– Nós queremos que você devolva a Mariana.

– E eu quero que vocês devolvam o que me pertence, menina. Vocês têm algo que é meu. Eu paguei por isto e quero, entendeu? Vocês foram muito levados. As mãezinhas não ensinaram que a gente não mexe no que não nos pertence? A minha, pelo menos, sempre me ensinou. Eu é que não quis aprender. – E riu de novo.

– O que você quer com a gente, afinal?

O Cavernoso sorriu.

– Fala um pouquinho com a tua amiga. Depois conversamos mais um tanto.

Do outro lado, Teresa ouviu a voz de Mariana. Chorosa, apavorada.

– Me ajudem, por favor. Deem pra ele o que ele quer. Eu não quero mais ficar aqui, ele disse que me solta, ele vai me soltar, podem acreditar. Por favor.

– É a Mariana? – gritou Ana Maria. – Deixa eu falar com ela.

Porém, não houve tempo para nada.

Logo a voz cavernosa voltou a falar:

– Viu só? Ela tá bem. Por enquanto.

– Olha, ou você devolve a Mariana, ou a gente vai à polícia.

Outra risada. Agora mais ameaçadora.

– Vão. Podem ir. Acho que não ia adiantar nada. Mas vão. Se vocês não gostam da amiguinha de vocês, vão à polícia.

Teresa estava aflita. Ana Maria apertava os olhos com força, queria desaparecer de dentro daquele carro, acordar daquele pesadelo. Jotapê pediu o celular, mas Teresa não o entregou. *Eu falo com ele*, disse. Afinal, sabia ser a grande responsável por tudo aquilo.

– Tá bem, a gente devolve os jornais. Quando?

Max riu aquela risada que Teresa não aguentava mais ouvir. Tinha algo de maldade nela. Algo que parecia dizer que nada nunca poderia atingir pessoas como o Cavernoso. Teve medo. Muito medo.

Então ele disse:

– Eu não quero mais os jornais.

– Não? – Teresa era só surpresa.

– Não. Já que vocês são metidos a espertos, achem o quadro. E tragam ele pra mim. Aí eu devolvo a Mariana. Caso contrário, vocês vão achar o corpo dela boiando no Guaíba. Entendeu? Eu quero o Menino do Portinari. Ele me pertence.

– Mas nós...

– Nada menos que isso, garota. Tu e teus amigos me criaram um problema. Agora, resolvam. Tiau. Té mais ver.

– E desligou.

Teresa, telefone suspenso, sentiu-se vazia por dentro. Estava enredada naquela trama e não era nenhum detetive de literatura policial. O que Maigret faria num momento daqueles? E Sherlock Holmes?

Teresa não sabia.

Sabia apenas uma coisa: que queria muito um outro abraço do Jotapê.

UMA NOITE DE DESCOBERTAS

Na tela do computador, depois de breve busca, a imagem do quadro de Portinari, entre outros desaparecidos, surgiu: em tons de verde, um garoto, olhos fechados, estava sentado num pequeno banco. No colo, um carneiro. Só abraço e carinho. As pernas finas quase confusão com as do banco. Madeira e carne.

Várias eram as telas. Diversas as narrativas de seus roubos: *O Grito*, de Munch, roubado do Museu Munch, na Noruega, os ladrões saindo correndo com o quadro debaixo do braço, entrando num carro para nunca mais. Ou *Madona do Fuso*, de Da Vinci, roubado de forma semelhante do Castelo de Drumlanrig, na Escócia. *O Concerto*, de Vermeer: dois homens vestidos de policiais pedem para vistoriar o Museu Isabella Stewart Gardner, rendem os vigias e roubam 11 quadros. E outros roubos. E mais tantos.

– Puxa – diz Ana Maria. – São muitas obras roubadas. Mas quem é que vai comprar um quadro destes?
– Gente como o Max – disse Eveline. – Gente que adora apreciar um quadro único destes e pensar que só ele o possui.
– Ou gente – interrompeu Teresa – que pode lucrar cobrando resgate para devolver o quadro. Há recompensas por informações que levem ao encontro das telas roubadas. Olha aqui, até o nosso Portinari tem grana envolvida.
– Nossa! – Eveline esticou o braço apontando para a tela do computador, chamava a atenção para aquilo que, devido ao fascínio em conhecer a tela tão disputada e procurada, lhes havia, num primeiro momento, passado despercebido: existia uma recompensa para quem levasse à recuperação do quadro.
– Puxa: 30 mil dólares – disse Ana Maria. – É muito dinheiro, hein?
– Bastante. O suficiente pra que algumas pessoas sejam capazes de roubar, e até matar, por ele. Mas o quadro deve valer muito mais que isso. Com certeza. – Jotapê, olhos ainda fascinados pelo quadro, na lembrança daquele outro visto no MARGS. Portinari era bom demais.

Ana Maria silenciou. As palavras de Jotapê lhe traziam a necessidade de encontrar o quadro para o Cavernoso. Caso contrário. Sabia da ameaça. E temia. Olhou para Teresa. Percebeu que a amiga entendia o que lhe ia por dentro. Teresa era leal, faria de tudo para encontrarem o quadro e livrarem Mariana das garras daquele Max. Mas havia a recompensa. Será que ela não mudava tudo? Leu com atenção trechos da reportagem, cuja manchete era *Procura-se*. Havia muito dinheiro movimentando aquele mercado de roubo. A Interpol fazendo todos os esforços a fim de que as obras desaparecidas pudessem ser novamente apreciadas por todos. Mas e Mariana? Devolver o quadro para o MARGS poderia significar nunca mais ver a irmã. Poderia?

– Vejam – disse Jotapê. – Aqui tem também algumas notícias sobre o roubo do Portinari. Olha, essa foto aqui é a mesma que está no jornal. Não?

– É mesmo. Aquela da prisão. Olhem o rosto do Marcolino, ele está super tranquilo. Parece que sabe que jamais encontrariam o quadro. – Teresa aponta o rosto do homem. Mão escorada na parede, quase um sorriso nos lábios. Aquela expressão a intrigá-la. Não fazia sentido. Se acreditassem nas palavras do Marco, ele era um inocente sendo preso. Devia haver revolta naqueles olhos, naquele rosto. No entanto.

– Jamais? – perguntou Ana Maria, alarmada. Se jamais o quadro fosse encontrado, Mariana...

Sentiu a mão de Teresa na sua. Ouviu o que ela dizia:

– Jamais não. Nós vamos encontrar esse Portinari. Pode ter certeza.

Jotapê voltou seus olhos para Teresa. Gostava daquela determinação. Sorriu. Ela baixou os dela. Que coisa estranha era aquela que fazia com que seu coração disparasse cada vez que Jotapê mergulhava seus olhos nos dela?

– Vamos encontrar e meter a mão na grana. Que acham?
– Eveline riu.

– E o Cavernoso? – Ana Maria era só preocupação.

– Não se preocupe, garota. Ficaremos com o quadro e ainda vamos libertar a sua irmã. Você vai ver só. É muita grana pra liberar assim na maior. A gente já enganou o Max tantas vezes. Então? Vamos enganar mais uma. Pode acreditar. É Eveline quem está falando. Bom, agora vou tomar um banho. Enquanto isso, vocês aproveitam pra ligar para os pais de vocês. Não quero rolo comigo. Certo?

Sem esperar resposta, entrou no banheiro cantarolando. Não fechou a porta.

– Que mulherzinha insuportável! – sussurrou Teresa. Após, meio a contragosto por estar cumprindo o que Eveline pedira, ligou para casa.

A mãe: – Mas, minha filha, você chegou de Torres e nós nem a vimos ainda.

Teresa: – Ah, mãe, é que as Gêmeas me convidaram e a gente tá com saudade...

A mãe: – Eu e seu pai também estamos.

Teresa: – Eu sei, mãe, eu sei. Só hoje tá? Amanhã a gente mata a saudade.

A mãe: – Está bem, Teresa. Mas chama a mãe das Gêmeas. Quero saber se você não incomoda.

Teresa: – Ela está no banho.

A mãe: – Certo, filha. Beijo. Saudades.

Teresa: – Beijos, mãe. Dá beijo no pai também.

Ao desligar, a certeza de ter mentido para a mãe, algo que jamais fizera, lhe provocou enorme buraco dentro do peito. Mas que fazer? Como contar para os pais o problema em que estava envolvida? Teve mais do que nunca a convicção de que teriam de encontrar o quadro. E o mais rápido possível. Pois se ela se sentia assim, imagina como estaria se sentindo a Mariana. Prisioneira daquele homem ameaçador.

O que o Comissário Maigret faria numa hora daquelas? E Sherlock Holmes?

Ana Maria pegou o fone, discou o número de casa. Lurdes atendeu. Disse que a mãe e o pai tinham saído. Voltariam logo. *Sim, pode deixar que eu dou o recado pra eles. Pode deixar.*

– Melhor assim – disse ao desligar. No rosto, a expressão de desespero pela ausência da irmã voltava a tecer uma rede de medo em seu rosto adolescente.

– Melhor nada, Ana. E se eles quiserem confirmar e ligam lá pra casa?

– Vamos rezar que não.

Após, chegou a vez de Jotapê exercer sua capacidade de mentiroso. Discou. A mãe atendeu, deu as recomendações tradicionais. Finalizou: *Um beijão, filho. Te cuida.*

Mentiras concluídas, voltaram-se para o computador. O Menino do Portinari a lhes suscitar inquietações. Foi, então, que Teresa lembrou-se do homem de olhos tristes. Precisava contar aos amigos o que descobrira.

E contou.

– Será que é algum capanga do Cavernoso?

– Acho que não, Ana Maria, senão por que estaria nos seguindo, assim, disfarçado? – Teresa não tinha resposta para mais aquele mistério. Um novo personagem entrava em cena. Se não fossem os olhos, ela jamais o teria descoberto. Personagem cheio de disfarces, como aqueles dos livros policiais que costumava ler. Pensava-se que era uma coisa e era outra, só no final a revelação. Eles, todavia, não eram personagens de livro, não estavam vivendo emoções imaginadas pela mente de algum escritor criativo. Não. Eram adolescentes. Eram pessoas vivas, sujeitas a toda a maldade que o Cavernoso pudesse querer lhes provocar.

– Quem será então? – perguntou Jotapê.

– Não sei. Mas fiquem atentos aos olhos das pessoas por quem vocês cruzarem. O homem dos olhos tristes anda sempre disfarçado – falou Teresa.

– E não deve repetir disfarces. Ainda mais agora que percebeu que foi reconhecido: mendigo, homem de terno marrom, catador de latas. Com qual disfarce irá aparecer da próxima vez?

– Não sei, Jotapê. Temos que ficar atentos aos olhos. Só aos olhos. – Teresa tinha na memória os olhos daquele homem que a seguia. Eram tomados de profunda tristeza. Ficou

pensando se não se confundira e aquela tristeza não fosse disfarce da mais pura maldade.

Eveline, saindo do banheiro, cabelos molhados e enrolada numa toalha branca, foi interrupção de pensamentos. Não precisaram dizer, mas era óbvio que ninguém comentaria com a mulher sobre o homem de olhos tristes.

— Quantos capangas o tal do Max tem? — Jotapê, olhos no computador, tentava revelar pouca importância para o que perguntava.

Eveline sacudiu os cabelos, tentando retirar o excesso de água. Disse:

— Ah, não sei não. Capanga mesmo eu só conheço o Douglas. Depois tem um ou outro que intermedeia os roubos de arte pra ele. O cara adora colecionar quadros, esculturas. É louco por obra de arte. Deve comprar e vender quadros roubados. Rola muita grana. Mas por que você quer saber se ele tem mais capangas?

— Nada não. Só pra gente saber com quantos inimigos estamos lidando.

Jotapê levantou os olhos. A mulher ali, gestos sensuais, apesar de um pouco acima do peso, apenas a toalha a cobrir parte do corpo. Baixou-os. Uma vontade de tocar nela. E o medo.

— O que foi, Jotapê?

— Nada não, Teresa. Nada. — Olhos à procura de fuga na tela do computador. Deu *enter* e um novo *site* com outras informações sobre o roubo de obras de arte invadiu seus olhos. *O mercado de arte roubada já é a quarta atividade criminosa mais lucrativa*, leu em voz alta.

– Bom, crianças – disse Eveline –, eu vou dormir. Tô pregada. Fiquem tranquilos, aqui estão seguros. Tomem seus banhos. Ocupem aquele quarto ali – apontou para uma porta. – É do Lucas, meu filho. Tem duas camas. Pra quando os amigos dele vêm dormir aqui. Eu me divirto. Gosto de ter adolescentes por perto. E você pode ficar aqui pela sala. O sofá é bem confortável. Meninas, deixei umas camisolinhas sobre a cama. Podem usar. Mas pra você, bonitinho, não tenho nada. O Lucas é bem menorzinho, todo pequeninho. Mas fica à vontade, certo?

Era tarde, quando os três apagaram a luz e foram deitar. Ana e Teresa optaram por deitar numa das camas do quarto que Eveline destinara a elas. A outra cama foi cedida para Jotapê, a fim de que pudessem ficar juntos. *Sempre juntos*, sussurrou Teresa. *Sempre*, concordou o garoto. E o que era para ser uma espécie de convite para mergulharem no sono, apenas fez com que a palavra sempre, assim, dita bem baixinho, por Jotapê, ficasse ressoando nos ouvidos de Teresa como outro convite. O que haveria por trás daquele simples advérbio? Que mais? *E a Mariana, será que está bem?* A pergunta, sempre a mesma, de Ana Maria interrompeu os pensamentos de Teresa. *Deve estar bem, sim. Amanhã, tudo isso vai acabar. Você vai ver, Ana, e a gente ainda vai rir muito disso tudo.*

– Segura a minha mão – pediu Ana. – Deixa eu fazer de conta que é a Mariana que está aqui. Aí, pode ser que eu consiga dormir.

Teresa pegou a mão da amiga. Pensava em Mariana também. Se algo lhe acontecesse, sabia que se sentiria culpada para o resto da vida. Mas o que fazer? Algo lhe dizia que o importante era dormirem. Precisavam de toda disposição para, no próximo dia, poder se dedicar a decifrar o enigma: onde estava o Menino do Portinari? Que pistas Marcolino deixara e eles ainda não tinham conseguido ver?

Queria. Precisava dormir.

Ouviu a respiração pausada de Ana.

Ouviu que Jotapê se movia na cama.

Ouviu o bip do celular, indicando que chegara mensagem.

– Jotapê, acho que recebi torpedo do Cavernoso.

Jotapê sentou-se na cama. Acendeu o abajur. Depois aproximou-se de Teresa, rosto quase colado ao seu. Leram a mensagem: *Só pra não esquecerem do nosso acordo. Tô ansioso. Boa noite.*

– O Cavernoso quer bancar o engraçadinho – disse Jotapê.

– E nos meter medo – completou Teresa.

– Esquece. O melhor mesmo é dormir.

Jotapê retornou para sua cama. Apagou a luz do abajur e o quarto mergulhou novamente na escuridão. Entre um ou outro barulho de automóvel, Teresa ouviu a voz do amigo: *Boa noite, Teresa.*

Eram tantos a desejarem que a noite fosse boa. Até mesmo o Cavernoso. Respondeu:

– Boa noite, Jotapê.

No entanto, aquela foi uma noite de sonhos e de pesadelos:

Eveline via-se num cruzeiro marítimo, ela e Miguel, bebia champanha, comia camarões, e ria, ria, ria, vestido longo, cabelos soltos ao vento, montes de dólares espalhados pelos aposentos, ria, ria.

Ana Maria, pés grudados no chão, via Mariana sendo perseguida pelo Cicatriz e não conseguia fazer nada para salvá-la, gritava, mas sua voz não saía, e o homem cada vez mais próximo de sua irmã, cada vez mais próximo, arma na cintura, arma na mão.

Jotapê estava na beira de um precipício; penduradas, Teresa e Eveline lhe pediam socorro, e ele sentia que só podia salvar uma delas, só uma, a toalha que envolvia o corpo da mulher de amarelo caiu e voou para as profundezas, e ele só podia salvar uma delas, só uma, Teresa lhe sorriu e ele entendeu que só podia salvar uma delas, só uma, uma só.

Teresa caminhava pela Rua da Praia e todas as pessoas que cruzavam com ela tinham olhos tristes, muito tristes, homens, mulheres, velhos, crianças, mendigos, olhos todos feitos de grande tristeza, ela meio tonta, meio sem saber para onde ir, até que uma mão segurou a sua, ela voltou-se e viu uns olhos negros, feitos noite, eram olhos de promessa, e sorriam.

O SORRISO DO MARCOLINO

A claridade que entrava pela janela, trazendo da rua os barulhos da quarta-feira que amanhecia, tocou no rosto de Teresa. Ela abriu os olhos devagar. As imagens do sonho fundindo-se aos acontecimentos da véspera e a certeza, ao ver Ana Maria deitada a seu lado e Jotapê na outra cama, de que tudo era verdade.

O apartamento seguia em silêncio. Invejou os amigos que ainda dormiam.

Levantou-se.

Na sala, ligou o computador. Queria ver novamente aquelas notícias sobre o mercado de arte roubada. O sorriso de Marcolino não lhe saía da mente. Havia algo de errado naquele riso, todavia não conseguira ainda descobrir o quê.

Enquanto o computador iniciava seu processo, espiou pela porta entreaberta do quarto de Eveline. O corpo esparramado sobre a cama, só de calcinha e sutiã, ainda dormia. Temia aquela mulher, não sabia bem por quê.

— Já de pé?

Voltou-se.

Jotapê, cara de sono, olhos meio inchados, ali, vestindo a camiseta, mão penteando os cabelos muito curtos, era a certeza de seu temor.

Sorriu:

— Não consegui dormir mais.

— A noite foi pesada, né?

— É. Foi.

— E você?

— Que tem eu?

— Tá bem?

— Sei lá.

Jotapê também sorriu:

— Eu também ando meio confuso.

— Por causa disso tudo?

— Sim e não.

— Como assim?

— Ah, Teresa. Sei lá. Nem sei direito como dizer. Sei lá.

— Tá bem confuso mesmo.

— Estou. E acho que um pouco tem a ver contigo.

— Comigo, Jotapê?

Olhos nos olhos dela. Teresa sustentou-os.

— É.

– Desculpa, eu não devia ter envolvido vocês nessa história. Olha só a Mariana. Coitada.

– Não tem nada a ver com o Cavernoso. Estou até gostando disso tudo.

– Tem a ver com o quê, então?

– Ah, Teresa, você sabe. São umas coisas que ando sentindo. E.

– E?

Ah, como Teresa queria que ele dissesse o que acreditava que diria.

– Eu acho... – voltou os olhos para o computador. Peito apertado, repleto dos maiores receios. – Você ligou o computador? Tá procurando o quê? – Caminhou até o monitor.

Teresa suspirou fundo.

Será que ele diria mesmo o que ela tanto desejava? Será que também sentia aquela mesma confusão que a invadia? Tinha que saber. Tinha. Por isso, o chamou: *Jotapê!* E ele se voltou: *O quê? Pode falar.* E Teresa falou: *Eu acho que ando sentindo a mesma confusão que você.* Jotapê afastou-se do monitor. Ficaram frente a frente. Então, ele perguntou: *Sério?* E ela concordou: *Sério.*

Ficaram se olhando.

Não foi preciso dizer mais nada.

Embora desejassem.

Entretanto, a entrada de Ana Maria na sala, toda transformada em bocejos, foi interrupção. Nas mãos, os jornais antigos:

– Já estão pesquisando?

Eles meio bobos, só se olhando, sorrisos cúmplices.

– Já. – Foi Jotapê quem falou.

Ana Maria sentou-se no tapete. Abriu os jornais nas páginas assinaladas pelas estrelas. Lá estavam as notícias do roubo do quadro, da reforma da Casa de Cultura Mario Quintana e da prisão do Marco. Teresa e Jotapê sentaram-se em torno dos jornais abertos. Três estrelas. Três notícias. Um Portinari desaparecido.

– Alguma relação deve existir entre essas notícias, senão o Marco não as teria assinalado. Mas qual? – perguntou o garoto. Olhos atentos a passearem pelas páginas.

– Ora, o ladrão estava trabalhando na reforma da Casa de Cultura. É essa a relação – respondeu Ana Maria.

– Será só isso?

Teresa retornou ao computador. Acessou o *site* das obras desaparecidas. Depois de alguns comandos, encontrou a notícia da prisão de Marcolino. Ampliou o tamanho da foto, chamou os amigos.

– Vejam. O Marco está sorrindo. Ninguém sorri ao ser preso. A não ser?

– A não ser?

– Ora, Jotapê, a não ser que ele saiba que jamais encontrarão o produto de seu roubo. Olha os olhos dele. Não parecem olhos inocentes. Ao contrário.

Jotapê concentrou sua visão no olhar do prisioneiro. De fato, havia algo de satisfação naqueles olhos. Decididamente, não eram olhos de quem achava que seria preso e tudo acabaria. Não. Aquela expressão revelava que tudo fora premeditado. Que Marcolino roubara o quadro sabendo de seu valor, sabendo o que faria com o Portinari, a fim de que jamais fosse achado e pudesse ser deixado como herança ao filho. Sim, Marco havia escondido o quadro. E só ele sabia onde estava o *Menino sentado e carneiro* naquele momento. Tudo começava a clarear.

– Concordo com você, Teresa. Ele escondeu o quadro bem escondido. Dá pra ver na foto que tinha certeza que ninguém o encontraria.

– Mas nós vamos encontrar. Temos que encontrar. Sabemos que as pistas estão nos jornais. E se ele deixou estes jornais para o filho é porque queria que o filho encontrasse o quadro. Simples.

– O problema é que nós devemos estar olhando para o lugar errado.

Jotapê retornou ao tapete. As amigas o acompanharam. Sem dúvida, pensava Teresa, Jotapê tinha razão: deviam procurar onde ainda não haviam procurado. Olhar o não olhado.

Foi o que fez.

Cada notícia assinalada pela estrela em esferográfica azul foi lida com cuidado, à procura de algum sinal, de alguma palavra ou frase sublinhada. Nada. Somente as estrelas. E as fotos.

O Menino sentado.

O porteiro Ariovaldo.

A faxineira que dera informações sobre Marco.

O retrato falado.

O prédio da Casa de Cultura Mario Quintana.

A prisão de Marcolino no jardim Lutzenberger.

Os olhos do Marcolino.

O sorriso.

A mão escorada na parede.

A mão.

Teresa olhou mais uma vez. A mão. Havia alguma coisa na mão de Marcolino que estava escorada na parede. O que era aquilo? Lembrou as palavras de Jotapê: *Devemos estar olhando para o lugar errado.*

– O que ele tem na mão? – A pergunta saiu sem pensar. Olhos inquietos a chegarem mais próximos do jornal, da fotografia.

– É algo quadrado. Uma caixa? – falou Ana Maria.

– Não. Não dá pra ver direito. – Após breve silêncio, Teresa lembrou-se do *site*. Lá a foto era de tamanho maior. Foi o que fizeram.

– Ah, é só um azulejo na parede. Azulejo português, acho. Na casa da minha tia em Nova Hartz tem uns iguais – disse Jotapê.

Ficaram na mesma. Apenas um detalhe na parede, onde, casualmente, a mão do Marco repousava no momento da prisão. Mais nada.

Porém.

Teresa digitou *casa de cultura mario quintana* no *site* de pesquisa e logo enveredaram por uma visita virtual ao antigo Hotel Majestic, que abrigara o poeta durante muitos anos. A entrada, as bibliotecas, os cinemas e as salas de teatro, os espaços de arte, o acervo Elis Regina, o quarto do poeta, o jardim Lutzenberger, no quinto andar. E muitas, muitas fotos do poeta-velhinho, cujo nome fora emprestado à Casa.

Assim, vendo o prédio, foi que Teresa construiu uma ideia. Revelação aos amigos. Era certeza do que proferia. Ah, sentiu-se num livro de Simenon, quando os personagens estão muito próximos da resolução do mistério. Sim, só podia ser o que estava pensando.

– Olha, mas se ele foi preso quando reformava o jardim da Casa de Cultura, certamente o quadro deve ter ficado escondido por lá. Sei lá, atrás de algum pilar, em algum fundo falso, debaixo de alguma escada. É isso, só pode ser isso.

– Faz sentido. Por isso, ele guardou essa notícia. Por isso, assinalou com a estrela. – Jotapê abriu um sorriso. Abraçou Teresa e o contato do corpo da colega foi alegria e desconcerto. Ana era apenas expectativa: se estivessem certos, Mariana poderia ser salva e retornar para casa. Seria bom demais.

– Vamos lá. A Casa deve abrir pelas dez. Ou antes. A gente chega cedo. Quanto mais cedo, menos gente. Aí fica mais fácil de procurar.

Ana Maria e Jotapê aceitaram a ordem.

– E a Eveline?

– Deixa ela aí. Está dormindo. E, depois, não confio nela. Se a gente quer encontrar o quadro e ter certeza de que vamos entregá-lo ao Cavernoso é melhor ela não estar junto. – Teresa entrou no quarto, seguida por Ana Maria. Trocaram de roupas. Sim. Era isso mesmo. Se queriam salvar Mariana, o melhor mesmo era deixar a Eveline de fora.

– E o pacto, Teresa?

– O pacto que se dane. Tenho certeza de que ela faria o mesmo conosco. Não confio nessa mulher. Vamos.

No meio da sala, jornais recolhidos do chão e guardados na mochila, Jotapê as aguardava. Falou para esperarem um pouquinho. Foi até a cozinha, voltou com uma faca na mão. Disse, sério: *Nunca se sabe se não vamos precisar.* Guardou a arma: *Vamos logo* e saíram, com cuidado. Não queriam despertar Eveline. Ela que dormisse seus sonhos, eles tinham algo mais importante para desvendarem.

Desceram pelas escadas. Na rua, tomaram o rumo do centro. Subiram as escadarias da Borges, seguiram pela Duque até a praça da Matriz. Atravessaram-na em direção à Riachuelo, desceram a Caldas Júnior, as ruas começavam a ganhar o movimento de mais um dia de verão, e atingiram a Rua da Praia. Dobraram à esquerda. Mais algumas quadras e chegariam ao destino: o prédio da Casa de Cultura Mario Quintana.

A CASA
DE CULTURA

O prédio de arquitetura imponente, fundindo elementos germânicos a diversas tendências europeias, destacava-se na Rua da Praia, sobretudo pelas passarelas sobre a Rua dos Cataventos, que uniam as duas alas do antigo Hotel Majestic. Todo pintado de rosa, era festa para os menos preocupados com a correria do dia a dia.

Seis pés cessaram sua pressa, e os jovens inclinaram suas cabeças para o todo. Era, de fato, prédio para abrigar mistérios e tesouros. Não tiveram dúvidas: o Portinari estava ali, escondido em algum lugar daquele edifício que se mostrava a eles imenso.

E tinham pouco tempo para localizá-lo.

Enveredaram pela via desenhada por granitos rosados. Teresa sabia onde era a entrada, acostumada que estava a frequentar os espaços culturais do prédio, junto com os pais.

Naquela hora do dia, havia pouco movimento. Novamente pensou que a ideia de virem cedo fora a mais correta. Assim, com poucas pessoas circulando pela Casa, estariam mais tranquilos para a investigação. Em frente a uma das salas de cinema, uma mulher consultava o relógio. Esperava alguém para assistir ao filme francês que o cartaz anunciava, decerto. Mas haveria sessão àquela hora da manhã? Pergunta feita mais para si mesma do que para os colegas, Teresa seguiu apressada.

Todavia, caso desse um pouco mais de importância para a ansiosa mulher, teria visto seus olhos muito tristes a acompanharem ela e os amigos, assim como o leve balanço da cabeça, confirmação para si mesma daquilo que via. Eram Teresa e seus amigos. Mais uma vez conseguira localizá-los.

Seguiu-os. Dessa vez, não perderia a indiazinha de vista.

Teresa, Ana e Jotapê ultrapassaram a porta de vidro. Ao lado do elevador, um balcão, atrás do qual uma jovem organizava uma série de panfletos de propaganda. Perto das escadas, uma mulher de óculos, cabelos curtos e mechados, conversava com um homem, barba e cabelos brancos. Pareciam empolgados com alguma ideia. Ele apontava para o andar superior e falava qualquer coisa sobre a instalação de uma exposição sobre Quintana. Ela o ouvia e, vez que outra, tecia algum comentário.

Jotapê aproximou-se do balcão:

– Pois não? – perguntou a jovem, atividade de organização dos panfletos suspensa.

Os garotos a olharam. Dizer o quê? Que estavam fazendo um trabalho escolar? Não, aquilo não daria certo. *Melhor*, pensou Teresa, *dizer a verdade*. Estava cheia de tantas mentiras. Farta. Não via a hora de se libertar daquela perseguição em que era, ao mesmo tempo, caçadora e caça.

– Olha, moça, é o seguinte: nós descobrimos que um quadro do Portinari, roubado há quinze anos do MARGS, deve estar escondido em alguma parte deste prédio. Achamos até que sabemos mais ou menos onde. É que o ladrão, o Marcolino Pereira, estava trabalhando aqui na época da reforma. Ele foi preso aqui. Lá no jardim Lutzenberger. Bom, acontece que, se não acharmos o quadro, nossa amiga, a irmã da Ana Maria – apontou a colega, que a olhava, assim como Jotapê, boquiaberta, e prosseguiu – pode até ser morta pelo Cavernoso. Um homem terrível, que nos persegue e prendeu a Mariana. Bom, nós queríamos autorização pra entrar no prédio e procurar. Ele já está aberto? Podemos subir até o jardim Lutzenberger? É no quinto andar, né?

A jovem esboçou um sorriso. Consultou o relógio. Gritou:

– Noia!

A mulher de cabelos mechados voltou-se para o balcão, interrompendo a conversa. A jovem falou, ar divertido estampado no rosto.

– Esse pessoal aqui está precisando investigar a Casa. Podem subir já?

Teresa leu no rosto da garota que os atendia incredulidade em relação ao que tinha falado. Era tudo a mais pura verdade.

No entanto. Por que era sempre assim? Bastava dizer a verdade para que ninguém acreditasse. Enfim. Fazer o quê? Precisavam mesmo era localizar o quadro. O quanto antes. A mulher que fora chamada consultou o relógio. Ainda faltavam quinze minutos para iniciar o funcionamento. Mas ver jovens querendo passear pela Casa agradava-lhe por demais. Sorriu, piscou o olho:

– Podem sim. Mas juízo, hein?

– Obrigada! – gritou Teresa. Olhos no rosto da mulher. Leu sentimentos bons naquele olhar. Tinha algo de mulher apaixonada pelo que fazia. Cara de vó boa.

Jotapê chamou o elevador. Voltou-se para a porta. A mulher que esperava em frente ao cinema entrava no prédio. Não lhe deu muita importância. Era alta, corpulenta, porém os cabelos pretos, muito lisos, não combinavam com aquela pele clara. Óculos escuros cobriam-lhe parte do rosto, por isso, nenhum deles pôde perceber que ela os observava com seus olhos tomados de tristeza. E ficou parada, olhar acompanhando os números apontados pelo elevador que subia levando os três ao encontro do Portinari.

Após perceber que o elevador deixara os garotos no quinto andar, dirigiu-se às escadas e subiu-as lentamente. Nas suas costas, o diálogo entre o homem de barba branca e Noia seguia animado. Falavam na exposição e na possibilidade de ela ser itinerante: circular por todos os espaços da Casa. Eram pessoas apaixonadas pelo que faziam.

Como ela e seus amigos na busca pelo Portinari.

Ao chegar ao segundo andar, a mulher retirou da bolsa o celular e teclou um número.

– Alô. Sou eu. Sim, localizei a garota.

Saíram do elevador e viram, pela porta de vidro, o pequeno jardim a céu aberto. Muitos vasos de cactos, planta apreciada pelo ecologista que cedera seu nome àquele espaço, e outros das mais diversas plantas, quatro grandes banheiras brancas, cheias de água, abrigando aguapés que se abriam em flor, e a escada que conduzia à abóbada que coroava o prédio, onde ainda se podia ler o nome no hotel que funcionara durante anos ali: Hotel Majestic.

Caminharam meio a esmo, apesar do espaço pequeno. O que procurar sabiam. Mas onde? Não havia, aparentemente, muitos esconderijos possíveis. Sentaram-se num banco. Abriram os jornais novamente.

– A pista tem que estar aqui, gurias. Tem que estar aqui.

Olhavam o jornal com redobrada atenção, quando o celular soou breve bip. Nova mensagem. Leram: *Não se esqueceram da minha encomenda, né? A amiguinha de vocês manda beijos.*

– Droga – murmurou Ana Maria. Pensamento na irmã.

Olhos de volta para o jornal.

Para o sorriso do Marcolino.

Para a mão do Marcolino.

– O azulejo – balbuciou Teresa.

– O que tem ele, Teresa?

– Olha, Jotapê – Teresa levantou-se. – Na foto não dá pra perceber, pois ela não abrange todo o jardim.

A garota aproximou-se da parede, ficou na mesma posição em que Marcolino estava na foto do jornal, mão sobre o azulejo português. Foi falando: – Olhem em volta. Não há mais nenhum azulejo em nenhum outro lugar, em nenhuma outra parede do jardim.

Ana e Jotapê passearam seus olhos pelas paredes. Teresa tinha razão. Mas e aí?

– Ora, se este é o único azulejo, significa que ele foi colocado aqui de propósito. Entenderam? De propósito. A mão do Marcolino na verdade é um sinal. Só pode ser isso.

– Você quer dizer que...

– Isso mesmo, Jotapê. O azulejo marca o local onde o Marcolino escondeu o Portinari.

Olhos arregalados de espanto. E de certeza.

– Teresa, você achou o *Menino*!

Abraçaram-se, felizes. Ana Maria começava a acreditar que Mariana seria salva. Momentos houve que fora pura dúvida. Teresa bateu com o nó dos dedos no azulejo. Um barulho oco fez se ouvir. Não havia mais dúvidas.

– A faca – pediu Teresa.

Jotapê abriu a mochila, retirou a arma que pegara na cozinha de Eveline e começou a cavoucar em torno do azulejo. Precisavam retirá-lo e ver o que se escondia atrás dele.

E viram: um espaço vazio, um pedaço de cano branco, colocado verticalmente num oco da parede.

Corações disparados, Jotapê puxou o cano de dentro do buraco, depois, de seu interior, foi desenrolando algo que estendeu no chão. E, ali, diante de seus olhos incrédulos e maravilhados, sob a luz de uma manhã de fevereiro em Porto Alegre, as cores do Menino do Portinari os invadiram.

O Portinari.

Haviam encontrado o Portinari.

NOVO ENCONTRO

Riam ainda. A satisfação estampada nas faces, dedos medrosos no desejo de toque na tela. Alegria plena.

Quando.

Quando aquela voz bem conhecida soou às suas costas:

— Eu tinha certeza que vocês conseguiriam. Absoluta — e riu. Aquele mesmo riso debochado que tanto já os havia atemorizado.

Jotapê procurou a faca com os olhos. Estava lá, atirada no chão, perto do azulejo. Voltaram-se os três, cientes de quem encontrariam parado à porta que separava o jardim da outra parte do quinto andar. E viram: o Cavernoso, o Douglas com sua cicatriz de Harry Potter, a Mariana, braço seguro por uma mulher magra, rosto de medo, que devia ser a tal da Nat, da qual o Jotapê falara. Ao lado deles, Eveline, cabelos presos num rabo de cavalo, expressão raivosa.

– Aqui estão eles, eu não disse, Max, que os entregava a você? Divirta-se. Eles merecem um bela lição. Daquelas que só você sabe dar, Max. – Riu. Seus olhos eram lâminas afiadas, desejosas do sangue daqueles garotos. Sobretudo do de Teresa.

O homem, terno de corte impecável, azul-chumbo, sapatos de lustro, destoava do grupo que o acompanhava. Sorriu:

– Então vocês acharam mesmo o meu Portinari. Passem pra cá.

– Ele não é seu – gritou Teresa. E blefou: – Olha, fique sabendo que nós avisamos a polícia. E que se você fizer alguma coisa com a gente, vai se dar mal.

– Ah, é? Pois olha só pra mim, Douglas, olha como eu tô morrendo de medo da indiazinha. – Depois, dirigiu-se para Teresa: – Se tem alguém aqui que pode se dar mal, são vocês. Fique isto bem entendido, ok? Douglas, pegue o quadro. Ele é meu.

– Não! – berrou Ana Maria. – Primeiro você solta a Mariana.

– Negativo. Primeiro o Douglas pega o Portinari. Vai, Douglas.

– Nada feito – disse Ana Maria. E, para assombro de todos, juntou a tela do chão e correu até a beirada do prédio, lá embaixo passantes circulavam pela Rua da Praia, alheios ao que ocorria nos altos da Casa de Cultura.

Douglas, meio apalermado, olhava para Max a aguardar nova ordem. Jotapê percebeu o impasse, disse:

– E você, hein, Eveline, bancando a traidora. Disse que ficaríamos com o quadro, nós e você, dividiríamos a recompensa e agora se bandeou para o lado desse Cavernoso aí. Você não dizia que ele é um idiota, que merecia que a gente desse um golpe nele?

Eveline sorriu, contrariada. Teresa entendeu a intenção de Jotapê. E os outros, cairiam no ardil? Na beirada do prédio, Ana segurava a tela com a mão estendida no vazio. Qualquer movimento, soltaria o Portinari. Ah, soltaria.

– Bobagem, Max. Mentira desses piás – gaguejou Eveline. Olhos de raiva.

– Bobagem? Você mesma disse que o Cavernoso era um imbecil, que merecia ser enganado, que você já tinha recebido uma grana pela pasta e que ia receber mais pela recompensa do quadro. Ela não disse, Teresa, não disse?

– Disse.

Max a olhava em silêncio. Douglas parado, ainda à espera de uma ordem. Nat, atenta ao que ocorria, afrouxou a pressão no braço da refém. Mariana sentiu.

– Era tudo para enganar vocês. Sempre estive do lado do Max. Tanto que atraí vocês pra minha casa, assim vocês estariam sempre debaixo dos meus olhos. Mas vocês escaparam hoje de manhã. Aí eu liguei pro Max. Não liguei, Max? Vi onde vocês tinham ido pelo *site* da Casa. Você foram tolinhos, deviam ter desligado o computador antes de fugirem.

– Mentira. Você deve é ter mudado seus planos, depois que percebeu que a gente não caiu na sua lorota. Você contou pro

Max que nos disse sobre o esconderijo dele no Santa Cruz? Falou do andar sem número, falou que ele é receptor de obras roubadas, que é um detetive corrupto. Falou ou não falou?

Eveline deu um passo à frente. Sua vontade era de calar a boca daquele guri idiota de uma vez por todas. *Raios*. Agora queria mesmo era esganá-lo.

– Fica quietinha, aí, loira. Nada de movimentos. Depois a gente conversa. – A voz rude do Max impediu o avanço de Eveline. Ela percebeu que qualquer deslize a colocaria em posição perigosa. O bom mesmo era dar tempo ao tempo. E obedecer.

A pressão no braço era leve. Mariana sentia. Sentia. E se desse um puxão no braço, e se corresse para longe daqueles bandidos? Não aguentava mais. Mas fugir pra onde? Descer as escadas correndo, aos gritos, seria, talvez, a única saída para todos. Afinal, ali no jardim, não havia outras saídas além da porta que o Cavernoso e sua gangue guardavam.

Um puxão. Só um.

Mas as pernas obedeceriam ao comando de correr, correr, correr? Precisava tentar.

Tentou.

Quando Nat percebeu que o braço que segurava escapuliu de seus dedos e que a garota descia as escadas rapidamente, gritou: – A garota. A garota.

– Atrás dela, infeliz – ordenou o Max. Porém, Nat ficou parada, aparvalhada. Queria sumir. Era só medo. *Eu não tive culpa, não tive culpa*, repetia.

– Eu vou atrás dela – falou Eveline e se lançou prédio adentro. Nos ouvidos os passos apressados de Mariana a descer as escadas à sua frente. Parou no andar abaixo e chamou o elevador. Max e aqueles garotos que explodissem. Ela ia mesmo era se mandar dali. Antes que...

Quando desceu no térreo, ouviu um tiro. Apressou o passo e entrou no primeiro táxi que passou. Queria distância de tudo aquilo.

A arma, na mão de Douglas, fumegava. Dera o tiro para cima, mais para assustar, mais para que o chefe pudesse ter o domínio novamente da situação. Nat se encolheu num canto, mãos sobre os ouvidos, chorava desesperada. Não queria estar ali, não queria.

– Me dê essa tela, guria infeliz! – gritou Max, sabendo que aquele disparo atrairia curiosos, ou até mesmo a polícia.

Na sacada de um dos prédios fronteiriços à Casa de Cultura, meio escondida atrás da cortina, uma senhora assistia a tudo. *Devo chamar a polícia*, pensava, mas o desejo de ver o desfecho do que acontecia no jardim era maior. O telefone lá na mesinha de centro.

O disparo e o grito, no entanto, não assustaram apenas Nat. Ana Maria, tomada de pânico, deixou que seus dedos afrouxassem e o Portinari caísse solto. Os olhos do Cavernoso abrindo-se em desespero.

– Desgraçada! – urrou, perdendo a postura de domínio que mantivera desde a chegada. Via seus planos de ter o

Portinari cada vez mais adiados. Correu para onde Ana estava, a garota buscou segurança junto à Teresa e a Jotapê, todos agora sob a mira do revólver do Cicatriz.

O Cavernoso debruçou-se no parapeito, a fim de localizar a tela lá embaixo. Difícil de ver: pessoas passando, um ou outro flanelinha, um cão vadio, um táxi que parava, até que seus olhos pousaram sobre um carro e viram. Lá estava o Portinari. Pensou em descer correndo, porém, antes que desse movimento ao seu desejo, viu Mariana. A garota pegou o quadro e sumiu de sua visão. Droga. Retornava à estaca zero.

Voltou-se.

Teresa e Jotapê o encaravam em desafio.

Riu. Precisava que o temessem. Senão.

– Tudo igual de novo. A amiguinha fujona de vocês pegou a tela lá embaixo.

– A Eveline?

– Não. A guria – fez uma pausa. Respirou fundo. Retirou sua arma do coldre, escondido debaixo do paletó. Era chegada a hora de assumir o comando daquela bagunça: – E agora vamos ter que começar a negociar de novo. Não? Amarre-os, Douglas. E tu, Nat, cala essa boca, antes que eu te dê uns tapas nessa tua cara de pamonha.

– Ah, Max, não fala assim – choramingou Nat. Fungou. Era tentativa de contenção. Olhos pousados no homem. Tinha medo. Muito medo daquelas ameaças. Como gostaria de ter a coragem da indiazinha.

O Cicatriz guardou a arma na cintura e pegou uns fios de *nylon* do bolso. Apertaria bem apertadas aquelas mãos, faria doer, sair sangue. Aqueles três veriam como doía a esperteza. Aproximou-se deles, mas uma voz desconhecida, não voz do chefe, o fez voltar-se.

– Calma, Douglas. Deixa que agora eu tomo conta da situação.

Uma mulher, óculos escuros, estava parada na porta. Dois policiais a seu lado. Cada um com uma arma na mão, apontadas para ele.

– E você, Max, baixe a sua arma. Seu tempo de crimes impunes acabou. O prédio está cercado.

Foi neste instante, neste preciso instante, que Douglas puxou a arma da cintura, porém a mulher foi mais rápida. Um disparo certeiro arrancou o revólver da mão do Cicatriz. Urro de dor.

– Ai, minha Virgem santíssima – gemeu a senhora que, no prédio em frente à Casa de Cultura, oculta pela cortina, espiava os acontecimentos do jardim. Tinha que chamar a polícia. Mas a polícia já estava ali. Não estava? Tinha então que ligar para a Agatha, a prima jamais acreditaria no que ela estava testemunhando. Era quase um filme hollywoodiano.

A mulher, arma em uma das mãos, retirou os óculos. Depois puxou os cabelos, que caíram no chão. Era um homem. E, apesar da tristeza do olhar, Teresa pôde perceber uma réstia de alegria.

– Então, finalmente, tu me achou, Inspetor Maurício. Parabéns. E, aliás, este disfarce é o pior que tu já arrumou, hein?

– Depôs a arma no chão. Sabia quando o jogo estava perdido.

Lá na Rua da Praia, várias viaturas trancavam o acesso às redondezas. E não eram gente sua.

O inspetor sorriu:

– Não foi fácil, acredite. Se não fossem esses garotos metidos a detetives, sei não.

O Cavernoso, enquanto os policiais algemavam Nat e Douglas, fixou seus olhos em Teresa e seus amigos. Sabia. O pior é que sabia que o Inspetor tinha razão. Estendeu as mãos, e o clique metálico das algemas rodeando seus pulsos apenas reforçou a raiva que sentia deles. Teresa, olhos presos no rosto do Inspetor, começava a entender tudo. Aquele homem de tristes olhos a seguia, pois queria chegar ao Max.

E chegara.

Levantou-se. Maurício sorriu para ela e para os garotos. E apesar da figura grotesca que fazia com aquele vestido, Teresa sentiu-se, pela primeira vez depois que tudo aquilo começara, protegida.

– Agora está tudo bem.

– Obrigada – disse Teresa, a mão de Jotapê pousando leve em seu ombro e a de Ana Maria apertando a sua. Haviam vencido.

E isso era bom.

O Inspetor Maurício voltou-se para o elevador, quando suas portas abriram. Era Mariana.

Vinha temerosa, o Portinari na mão. Olhou para o homem vestido de mulher. Achou tudo muito estranho, mas que fazer? Desde que Teresa entrara em seu quarto com aquela pasta preta abraçada ao peito sua vida ficara repleta de coisas muito estranhas. Uma a mais não faria qualquer diferença.

– Olha – foi logo dizendo –, o quadro está aqui. Não faça nada com a minha irmã e os meus amigos. Pode pegar o Portinari. Por favor.

Maurício sorriu.

– Fica calma. Sou da polícia internacional. Inspetor Maurício: Interpol. – Retirou do decote uma carteira. Mostrou-a para Mariana, depois estendeu-a aos demais. – Estava há anos atrás do Maximiliano Kalil. Ele é, ou melhor, era, o maior receptador de obras roubadas aqui no Sul do Brasil. Tudo sob a fachada de um escritório de detetive particular. – E, voltando-se para os policiais, acrescentou: – Levem estes três para as viaturas lá embaixo. Acabou uma longa trajetória de crimes.

Max riu, ao passar por eles:

– Acabou?

O Inspetor não disse nada. Apenas seus olhos tristes se estreitaram mais ainda. Era arrogante, esse Max. Mas, não tinha dúvida, iria amargar alguns anos de cadeia. Ele e seus comparsas.

Acabara sim.

ÚLTIMAS PALAVRAS

A senhora da janela, agora com o fone no ouvido:

– Agatha, você nem sabe. Imagina, guria, um tiro. Um não, na verdade, dois. É, bem aqui na frente, no jardim da Casa Mario Quintana. É, Agatha, é sim. Pois eu não estou dizendo? A polícia chegou, prendeu todo mundo. Um horror.

Cavernoso, na viatura, para Douglas e Nat, que o ouviam calados:

– Podem deixar, a gente logo logo tá fora dessa, vocês vão ver. Aqueles desgraçados não perdem por esperar. Podem deixar. Eu me livro dessa ou não me chamo Maximiliano Kalil.

Eveline, enquanto jogava suas roupas dentro de uma mala. Táxi aguardando na portaria do prédio:

— Rápido, Eveline. Rápido. Depois mando uma carta pro Miguel. Ele vai entender. Pirralhos idiotas. É só pegar o Lucas na casa do pai dele e sumir. Sumir.

Inspetor Maurício, vestido de terno, sem gravata, atrás de sua mesa, olhos na tela de Portinari, alguns dias depois:

— É lindo, não? E vocês foram por demais corajosos. Verdadeiros heróis. O Max sempre foi um criminoso perigoso. Estou na sua caça há uns dez anos. Havia interceptado as ligações dele, sabia que alguma coisa iria ocorrer no banheiro da rodoviária, mas não sabia o quê. Por isso, usei um de meus tantos disfarces e fui pra lá, porém a Teresa acabou se envolvendo em tudo e aí, quando a vi novamente dentro do ônibus — eu tinha retornado à rodoviária para ver se encontrava alguma nova pista — achei que ela podia estar envolvida com a tal encomenda, que eu tinha certeza ser alguma peça roubada que o Max estava querendo adquirir. Vocês foram fundamentais, não apenas para a prisão do Max, mas, sobretudo, pela devolução do Menino do Portinari. Ah, e vocês sabem que há uma recompensa para quem o encontrasse?

— Sim. 30 mil dólares — falou Ana Maria, mãos dadas com a irmã.

— Puxa, quanto dinheiro! — exclamou Mariana. — E todo nosso!

Teresa, olhos no Portinari, disse:

– Eu tenho uma ideia sobre o destino desse dinheiro. Querem saber?

Teresa, sorriso no rosto, diante da porta do pequeno casebre:

– É seu. Afinal, o Marcolino morreu na prisão para que você pudesse ter uma vida melhor. Assim, essa recompensa, esse bilhete e esses jornais são seus. Presentes do seu pai. Faça bom proveito.

Jorge devia ter seus trinta e poucos anos, entretanto, o aspecto sofrido lhe concedia bem mais. Sorriu.

– Obrigado – disse. Na cabeça, pensava sobre o que poderia fazer para agradecer aqueles quatro. O quê? Não teve tempo de articular pergunta, pois assim como bateram à sua porta e narraram aquela estranha história, deram *tiau* e correram para a viatura policial, onde um homem de terno marrom os esperava.

Entraram.

Foram-se.

Só podiam mesmo ser anjos.

Ana Maria – deitada em sua cama, desejo de navegar pela internet, a fim de escolher outras obras roubadas para resgatar, quem sabe desta vez não poderia ficar com a recompensa – para Mariana, que se recusava a sair do computador, pois estava combinando, através do Facebook, a volta às aulas com as amigas:

– Mas você é chata, hein, Mariana? Maldita a hora que eu inventei de salvar você do Cavernoso. Ah, que ódio!

Jotapê, Teresa a seu lado, sentado em um banco de praça, mensagem no celular.

Eu amo você, Teresa!

Teresa, após ler a mensagem recebida:

Eu também, Jotapê. E muito.

CAIO RITER

Sempre gostei de ler. Sobretudo se as histórias envolvessem algum mistério, algum crime, daqueles que pareciam não ter solução. Acho até que foi de tanto ler que resolvi ser escritor e eu mesmo inventar histórias legais como aquelas que eu lia na adolescência. Assim, creio, surgiu *O menino do Portinari*. Nele uno duas coisas de que gosto muito: histórias de suspense e a arte de Portinari.

Então acabei imaginando o que ocorreria se uma garota, fã de livros policiais, recebesse por engano um recado em seu celular. E este recado a conduzisse (ela e seus amigos) a um mundo cheio de pessoas suspeitas na busca por um tesouro roubado. Desse modo, surgiu o livro. E para escrevê-lo busquei na lembrança as memórias de quando era guri e lia os livros de Simenon, Agatha Christie e Stevenson: mestres da literatura policial.

NIK NEVES

Sou ilustrador e quadrinista, cresci em Porto Alegre, onde estudei Artes Plásticas e Publicidade. Atualmente ando pelo mundo, já morei em Londres, Nova York, Barcelona, Paris e Alemanha, sempre trabalhando para editoras nacionais e internacionais. O meu trabalho também pode ser visto na coletânea "Illustration now", da editora alemã Taschen. Adorei a experiência de desenhar lugares tão familiares e queridos, já que cresci no cenário do livro. A rodoviária foi especialmente legal de fazer, é um lugar bastante diverso por onde passa tanta gente de várias partes do estado.

Este livro foi composto com a família tipográfica
Chaparral Pro, para a Editora do Brasil, em maio de 2015.